www.ingramcontent.com/pod-product-compliance
Lightning Source LLC
LaVergne TN
LVHW062036051026
849518LV00013B/1200

شمالی امریکہ سے
کچھ افسانے

انتخاب و ترتیب

اشعر نجمی

Bright Books

Shumali America Se Kuchh Afsane
by Ashar Najmi
Bright Books, Thane, India
1st Edition : October 2024
ISBN: 978-81-981566-8-6

Bright Books

Mira Road East, Dist. Thane, India
nidabattiwala@gmail.com

فہرست

پیش لفظ

اشعر نجمی

زیر نظر انتخاب کو ایک ذاتی انتخاب سمجھا جانا چاہیے۔ بیشتر تراجم مطبوعہ ہیں لیکن ان میں سے کچھ غیر مطبوعہ بھی ہیں۔ دوسری زبانوں سے اردو میں ترجمہ ہونے والے نثر پاروں کی فہرست کافی طویل ہے جس کی ببلیوگرافی تو بنائی جاسکتی ہے لیکن انھیں ایک جگہ اکٹھا کرنا ایک مشکل کام ہے۔ لہٰذا، ہم زیر نظر انتخاب کو ترتیب دیتے ہوئے اس کی لگام کو اپنی گرفت میں رکھنے پر مجبور تھے۔

اس انتخاب پر کام کرتے ہوئے سینکڑوں کتابیں، رسائل، ویب سائٹس، اخباروں وغیرہ میں سے نثر پارے منتخب کیے گئے تھے لیکن اگر ان تمام کو شامل اشاعت کرلیا جاتا تو شاید دس جلدیں بھی ناکافی ہوتیں، لہٰذا سخت ترین انتخاب کے اصولوں کو وضع کرنے کے بعد جو کچھ ہے، وہ آپ کے سامنے حاضر ہے۔

زیر نظر شمارہ انتخاب میں نئے، پرانے اور بہت پرانے ترجمے بھی شامل اشاعت ہیں۔ مطبوعہ تراجم کا لازمی مطلب ہمیشہ یہ نہیں ہوتا کہ وہ تمام قارئین کی نظروں سے گزرے بھی ہوں، چونکہ ہندوستان میں چھپنے والے بیشتر تراجم کی رسائی پاکستانی قارئین تک نہیں ہو پاتی اور اسی طرح پاکستان میں شائع ہونے والے تمام تراجم ہندوستانی قارئین تک نہیں پہنچ پاتے۔ پھر یہ بھی ضروری نہیں کہ اپنے ہی ملک میں شائع شدہ تمام تراجم بھی ہمارے زیر مطالعہ رہے ہوں۔

ہم نے کوشش کی ہے کہ اس انتخاب میں مصنفین کے علاوہ مترجمین کے بھی مختصر تعارف پیش کیے جائیں کہ انھی کے توسط سے ہم تک دنیا بھر کی زبانوں کے نثر پارے پہنچتے رہے ہیں، ان کے اس احسان سے زبانوں کے علاوہ ثقافتیں بھی ثروت مند ہوتی ہیں اور ہم سب ان کے ایک طرح سے مقروض ہیں۔ پھر بھی کچھ مصنفین اور مترجمین کا تعارف ہمیں نہ مل سکا، لہٰذا ہم کوشش کے باوجود بے بس نظر آئے۔

لہر اور میں

اوکتاویو پاز (میکسیکو)

ترجمہ: محمود احمد قاضی

اوکتاویو پاز (۳۱ مارچ ۱۹۱۴ء - ۱۹ اپریل ۱۹۹۸ء) میکسیکو کے شاعر اور سیاست داں تھے۔ انھیں ادب کا نوبل انعام ۱۹۹۰ میں ملا۔

جب میں سمندر سے نکلا تو ایک لہر دوسری لہر پر چڑھ آئی۔ وہ ہلکی اور لمبی تھی۔ دوسرے لوگوں کے شور شرابے کے باوجود جنھوں نے اس کو اس کے تیرتے ہوئے کپڑوں سے پکڑنے کی سعی کی تھی، اس نے مجھے بازو سے پکڑا اور کودتی پھاندتی وہاں سے نکل آئی۔ میں اس سے کوئی شکایت نہیں کرنا چاہتا تھا کہ کہیں وہ اپنے دوستوں کے سامنے شرمندگی محسوس نہ کرے۔ اور پھر ارد گرد کی گھورتی آنکھوں کے درمیان میں ساکت ہوا جا رہا تھا۔ جب ہم شہر میں داخل ہوئے تو میں نے اسے بتایا کہ شہر کی زندگی یقیناً ایسی ہرگز نہیں جیسی کہ وہ سمجھتی ہے، بالکل اسی طرح جیسے کہ یہ بات نامکمل تھی کہ کوئی لہر سمندر کو چھوڑ دے۔ اس نے نہایت سنجیدگی کے ساتھ میری طرف دیکھتے ہوئے کہا: ”تمھارے متعلق فیصلہ پہلے سے ہو چکا ہے۔ تم اس سے انحراف نہیں کر سکتے۔“

میں نے اس کے ساتھ نرمی، سختی اور طنز کا رویہ برتا۔ اس کے جواب میں وہ چیخی چلائی۔ محبت سے مجھے پکارتی رہی اور دھمکیاں دیتی رہی۔ بہر حال مجھے اس سے معافی مانگنی پڑی۔

اگلے دن میری مصیبتوں کا آغاز ہوا۔ ہم مسافروں، پولیس اور کنڈکٹر کی نظروں میں آئے بغیر بھلا ٹرین پر کس طرح سوار ہو سکتے تھے؟ یہ بات تو یقینی تھی کہ ابھی تک لہروں کے ٹرین پر سواری کرنے کے متعلق کوئی قوانین موجود نہ تھے اور یہی وجہ تھی کہ یوں ہمارا ٹرین پر سفر کرنا بجائے خود مصیبتوں کو دعوت دینے کے مترادف تھا۔ میں اپنی روانگی سے ایک گھنٹہ پیشتر ہی اسٹیشن پر آ گیا۔ میں نے اپنی سیٹ پر قبضہ جما لیا اور اس وقت جب کہ کوئی مجھے

دیکھنے والا نہ تھا، میں نے مسافروں کا پانی والا ٹینک خالی کر دیا اور اس میں اپنی دوست کو انڈیل دیا۔

پہلا واقعہ اس وقت پیش آیا، جب قریب ہی بیٹھے ہوئے ایک میاں بیوی کے بچوں نے اپنی پیاس کا برملا اظہار کر دیا۔ میں نے انھیں روکا اور انھیں کھانے پینے کی دیگر اشیا جس میں شکنجبین بھی شامل تھی، لے کر دینے کا وعدہ کیا۔ وہ میری پیشکش قبول کرنے ہی والے تھے، جب ایک اور پیاسا مسافر سامنے آ گیا۔ میں اس عورت کو بھی ایسی ہی پیشکش کرنے والا تھا مگر اس کے ساتھی کی گھورتی ہوئی آنکھوں کی وجہ سے چپ ہو رہا۔ عورت نے کاغذی گلاس لیا، ٹینک تک پہنچی اور اس نے ٹونٹی کھول دی۔ ابھی اس نے آدھا ہی گلاس بھرا ہوگا کہ میں کود کر اس عورت اور اپنی دوست کے درمیان آ گیا۔ عورت نے میری طرف حیرانی سے دیکھا۔ جب میں اس عورت سے معافی مانگ رہا تھا تو اسی لمحے ان بچوں میں سے ایک نے دوبارہ ٹینک کی ٹونٹی کھول دی۔ میں نے نہایت عجلت کے ساتھ ٹونٹی کو بند کیا۔

عورت گلاس اپنے ہونٹوں تک لاتے ہوئے بولی، ''اوہ! یہ تو نمکین پانی ہے۔''

جب بچہ بھی عورت کے ساتھ چیخ پڑا تو کئی مسافر بھی اٹھ کر کھڑے ہو گئے۔ اس عورت کے شوہر نے کنڈکٹر کو بلا لیا۔

''اس شخص نے پانی میں نمک ڈالا ہے۔''

کنڈکٹر نے انسپکٹر کو بلایا۔

''اچھا تو تم نے پانی میں کچھ ڈالا ہے؟''

اب انسپکٹر نے پولیس کو بلا لیا۔

''ہوں! تو تم نے پانی میں زہر ملایا ہے؟''

پولیس نے فوراً ہی کیپٹن کا بلا لیا۔

''اچھا تو تم ہو زہر ملانے والے؟''

کیپٹن نے خفیہ کے تین ایجنٹ بلا لیے۔ ایجنٹوں نے مسافروں کی گھورتی ہوئی آنکھوں اور سرگوشیوں کے درمیان مجھے ایک خالی ڈبے میں ٹھونس دیا۔ اگلے اسٹیشن پر انھوں نے مجھے اتارا اور مجھے جیل میں ڈال دیا۔ سوائے لمبے تفتیشی دورانیوں کے، مجھ سے کئی دنوں تک کوئی کچھ نہ بولا۔ جب میں نے اپنی کہانی بیان کی تو کسی نے اس پر یقین نہیں کیا، حتیٰ کہ ہیلر نے بھی بے یقینی کی حالت میں اپنا سر ہلاتے ہوئے کہا، ''یہ ایک گمبھیر مسئلہ ہے۔ حقیقتاً گمبھیر مسئلہ کہ تم نے بچوں کو زہر دینے کی کوشش نہیں کی؟''

ایک دن وہ مجھے مجسٹریٹ کے سامنے پیش کرنے کے لیے لائے۔

''یہ ایک مشکل کیس ہے۔'' اس نے مزید کہا۔ ''میں تمھیں پینل جج کے سامنے پیش کرنے کی سفارش کروں گا۔''

ایک سال گزر گیا۔ بالآخر انھوں نے فیصلہ سنایا۔ چونکہ میری وجہ سے کسی شخص کو کوئی نقصان نہیں پہنچا

تھا، اس لیے میری سزا نرم تھی۔ کچھ عرصے کے بعد مجھے آزاد کر دیا گیا۔

جیل کے افسر اعلیٰ کے سامنے میں پیش ہوا تو اس نے کہا: ''لو بھئی اب تم آزاد ہو۔ تم خوش قسمت ہو۔ اس لحاظ سے خوش قسمت کہ کسی شخص کو اس حوالے سے نقصان نہیں پہنچا تھا۔ لیکن اب دوبارہ ایسا مت کرنا، کیوں کہ دوبارہ تمھارے ساتھ اتنی نرمی نہیں برتی جائے گی۔

یہ کہتے ہوئے اس نے مجھے اس سنجیدگی کے ساتھ گھورا جیسے ہر شخص مجھے گھورتا تھا۔

اسی سہ پہر کو میں نے ٹرین پکڑی اور کئی گھنٹے کے غیر آرام دہ سفر کے بعد میکسیکو سٹی پہنچا۔ میں ٹیکسی کے ذریعے گھر پہنچا۔ اپنے فلیٹ کے دروازے پر میں نے ہنسی اور گیتوں کی آواز سنی۔ میں اپنی چھاتی میں ویسا درد محسوس کیا جیسا کہ اچانک کسی لہر کے چھاتی پر تھپیڑا لگنے سے محسوس ہوتا ہے۔ میری دوست وہاں موجود تھی جو ہنس رہی اور گا رہی تھی۔

''تم یہاں کیسے پہنچیں؟''

''ٹرین کے ذریعے۔۔۔ بڑی آسانی سے۔ جب سب کو یقین ہو گیا کہ میں محض نمکین پانی تھی تو کسی نے مجھے انجن میں ڈال دیا۔ یہ ایک تکلیف دہ سفر تھا۔ جلد ہی بخارات کی ایک سفید پھوار میں تبدیل ہو کر مشین پر بارش کے قطروں کی شکل میں گرنے لگی۔ میرا وجود مختصر ہو گیا۔ میں نے اپنے قطرے بھی کھو دیے۔''

اس کی موجودگی نے میری زندگی کو تبدیل کر کے رکھ دیا۔ میرا گھر جس کا فرنیچر دھول سے اٹا پڑا تھا اور جس کے برآمدوں ہر وقت اندھیرا بھرا رہتا تھا، اب ہوا اور روشنی سے بھر گیا تھا۔ اب میرے گھر میں بے شمار آوازیں تھیں اور یہاں ہر طرف ان آوازوں کی لہر کا نیلا اور سبز عکس ہلکورے لے رہا تھا۔ ایک لہر میں کئی لہریں جو ایک چھاتی یا ماتھے کو ایک ساحل، ایک چٹان اور ایک جیٹی کی مانند اپنی جھاگ کا تاج پہنا سکتی تھیں۔ ایسے کونے کھدرے جنھیں ہم بھلا چکے ہوتے ہیں اور جہاں مٹی اور کوڑے کا ڈھیر ہوتا ہے، وہ بھی اس کے ہاتھوں کے لمس سے بھیگ رہے تھے۔ ہر چیز بھرپور انداز میں قہقہے لگا رہی تھی۔ سورج کی روشنی ملک، شہر یا اس پورے علاقے کو چھوڑ کر بہت دیر تک خوشی خوشی میرے گھر میں ٹھہری رہتی۔ اور بعض راتوں کو آسمان پر چمکنے والے ستارے میرے گھر میں اس کی بکھری مسکراہٹ کے احساس کو محسوس کرنے کے لیے دیر گئے تک چمکتے رہتے تھے۔

یہ محبت کا ایک ایسا کھیل تھا جس کا عمل مسلسل جاری تھا۔ یہاں سب کچھ ساحل اور اس کی ریت کے بستر کی مانند تھا اور یہاں ہر لمحے تازگی کا راج تھا۔ جب میں اسے گلے لگاتا تو وہ خوشی سے پھولے نہ سماتی۔ اس کا قد ناقابل یقین حد تک زیادہ تھا جیسے کہ وہ پاپلر کے درخت کا سیال تنا ہو۔ اس کا یہ سیال پن جلد ہی نرم سفید پروں کے چشمے کی صورت مجھ پر گرتا اور میرا سر اور میری پیٹھ اس کی سفید پھوار کی مسکراہٹ میں بھیگ بھیگ جاتے اور پھر وہ میرے سامنے اپنے وجود کو پھیلا لیتی۔ اس کا وجود افق تک پھیل جاتا اور تب میں بھی اس کے ساتھ افق میں امن اور خاموشی میں خاموش ہو جاتا۔ اس نے میرے وجود کو بڑے بھرپور انداز میں موسیقی یا بڑے بڑے ہونٹوں کے لمس میں جکڑ لیا تھا۔ اس کی موجودگی کا احساس اختلاط کے وقت کی سرگوشیوں اور بوسوں جیسا تھا۔ جب میں اس

کے پانیوں میں داخل ہوتا تو ایک دم سر سے لے کر پاؤں تک بھیگ جاتا اور جب میں اس کی لہروں پر سوار ہو کر اوپر انتہائی بلندیوں کے گھمسن گھیری میں پہنچتا تو محسوس ہوتا کہ وہ مجھے اب نیچے ایک پتھر کی مانند لا کر پٹخ دے گی مگر وہ نہایت نرمی کے ساتھ، پروں جیسی نرمی کے ساتھ خشکی پر لے آتی۔ ایسے پانیوں کے ساتھ سونے کو جاگنے کے وقت کے خوش کن ہزاروں روشنیوں کے جھماکوں کی یلغار کے ساتھ، جو ایک دم آپ کے قہقہوں کو روک دیتی۔ تشبیہ نہیں دی جاسکتی بلکہ کسی بھی چیز کے ساتھ تشبیہ نہیں دی جاسکتی۔

لیکن میں اس کے مرکز تک کبھی نہ پہنچ سکا۔ میں درد اور موت کی برہنگی کو کبھی بھی نہ چھو سکا۔ مگر یہ سب کچھ شاید لہروں میں موجود ہی نہیں ہوتا یعنی وہ خاص وصف جس کے باعث ایک عورت اپنے آپ کو خود سپردگی کے عالم میں لے آتی ہے یا بجلی کے بٹن کی وہ خاصیت جس کی وجہ سے ہمارا الجھنا، پھڑکنا اور باہم پیوست ہونا ایک دم سے ختم ہو جاتا ہے اور ہم غشی کے عالم میں چلے جاتے ہیں۔ البتہ اس کے وجود کا احساس اس عورت کی طرح تھا جو کہ اندر ہی اندر نہیں بلکہ باہر ہی باہر چھوٹی چھوٹی لہروں کی طرح پھیلتی جاتی ہیں، اتنی زیادہ کہ بالآخر وہ دوسری کہکشاں کو جا چھوتی ہیں۔ اس کے ساتھ محبت کرنا تعلقات کی وسعتوں کو اور بڑھانے جیسا عمل تھا، جیسے کہ ہم ستاروں پر کمند ڈال رہے ہوں۔ جہاں تک بات ہے اس کے مرکز کی، تو اس کا تو کوئی مرکز تھا ہی نہیں۔ بس وہ تو خالی پن کے احساس کا وہ چکر تھا جو مجھے اپنے آپ میں ضم کیے جا رہا تھا۔

ایک دوسرے کے ساتھ لپٹے ہوئے ہم مسکراہٹوں، سرگوشیوں اور باہمی اتحاد کا تبادلہ کرتے۔ اپنے آپ کو دہرا کرتے ہوئے وہ میری چھاتی پر چڑھ آتی اور پھر اپنے آپ کو نباتاتی سرگوشیوں کی طرح مجھ پر کھول دیتی۔ وہ ایک چھوٹے گھونگھے کی طرح میرے کان میں گاتی۔ وہ خاموش پانیوں والے کسی چھوٹے جانور کی طرح میرے پاؤں سے لپٹ کر بالکل شانت اور شفاف ہو جاتی۔ وہ اتنی واضح ہو جاتی کہ اس کا سب کچھ مجھ پر منکشف ہو جاتا۔ خاص راتوں کو اس کی جلد ضیا پاشی کرتی اور اس کو گلے لگانا ایسے ہی تھا جیسے کسی پھلجڑیاں چھوڑتے وجود کو چھو لیا ہو۔ لیکن وہ سیاہ اور تلخ بھی ہو جاتی تھی۔ بعض اوقات وہ غیر متوقع طور پر غرانے، کراہنے اور کروٹیں لینے لگتی۔ اس کی درد بھری آواز سے ہمسائے بھی جاگ پڑتے۔ اس کی آواز کو سن کر سمندری ہوا گھر کے دروازے پر سر سراتی یا فرش پر اپنا سر پٹختی۔ ابر آلود فضا اسے بے چین کر دیتی ایسے موسم میں وہ فرنیچر توڑ دیتی۔ مجھے برے الفاظ سے نوازتی۔ وہ میری بے عزتی کرتی اور میں اس کے سبز اور خاکستری جھاگ میں لتھڑ جاتا۔ وہ تھوکتی، چلاتی، قسمیں کھاتی اور بدشگونیاں کرتی۔ وہ چاند، ستاروں اور دوسری دنیاؤں کی روشنی کے زیر اثر اپنی ظاہری حالت اور موڈ کو اس انداز میں تبدیل کرتی کہ مجھے یہ سب کچھ عجیب و غریب سا لگتا مگر اس کا یہ رویہ مد و جزر کی طرح ہی جان لیوا بھی تھا۔

اسے اپنی تنہائی کے ختم ہو جانے کا احساس ہونے لگا تھا۔ ساگر گھونگھوں، گھونگھا مچھلیوں اور ایسی چھوٹی چھوٹی بادبانی کشتیوں سے بھرا پڑا تھا جنھیں اس نے غصے کی حالت میں تباہ کر دیا تھا اور اپنی ساری چیزوں اور تصورات کی بھرمار کے ساتھ میں ہر رات اس کی سرکش اور پُرسکون موجوں کے ساتھ ہلکورے لیتا تھا۔ اس

سارے عرصے کے دوران میرا کیا کچھ نہیں کھو گیا تھا۔ مگر میری کشتیاں اور گھونگھوں کا خاموش گیت ناکافی چیزیں تھیں۔ مجھے گھر میں مچھلیوں کی افزائش کا انتظام کرنا پڑا تھا۔ میں یہاں تسلیم کرتا ہوں کہ جب میں ان مچھلیوں کو اپنی دوست کی چھاتیوں کو سہلاتے اس کی رانوں کے بیچ سوتے اور روشنی کے رنگین جھماکوں کے ساتھ اس کے بالوں کو تھپکتے دیکھتا تھا تو ان سے حسد کیے بغیر نہ رہتا تھا۔

انھی مچھلیوں کے درمیان اس ریکویریم میں چند ایک خاص مچھلیاں تھیں جو بہت سرد مہر اور سرکش تھیں اور جن کی بڑی بڑی آنکھوں سے درندگی جھلکتی تھی جیسے کہ وہ خون کی پیاسی ہوں۔ میں نہیں جانتا کہ کس مغالطے کے تحت میری دوست ان کے ساتھ کھیلتی ہوئی خوشی محسوس کرتی تھی، بلکہ بڑی ڈھٹائی کے ساتھ ان کو مجھ پر ترجیح دیتی تھی، جنھیں میں درخور اعتنا بھی نہیں سمجھتا تھا۔ وہ اس خوفناک مخلوق کے ساتھ گھنٹوں چہلیں کرتی تھی۔ ایک دن میری برداشت کا پیمانہ لبریز ہو گیا۔ میں ریکویرم کا دروازہ کھولا اور ان پر حملہ کر دیا۔ بڑی پُراسراریت اور پھرتی سے وہ میرے ہاتھوں سے بچ نکلیں، جب کہ میری دوست میرا اس وقت تمسخر اڑاتی رہی جب تک کہ میں تھک کر گر نہ پڑا۔ میں نے محسوس کیا کہ میں ڈوب رہا تھا۔ اور جب میں نیلا پڑ گیا اور مرنے کے قریب تھا تو وہ مجھے نکال کر کنارے پر لے آئی اور یہ کہتے ہوئے مجھے چھونے لگی کہ میں ایسی چیزوں کے بارے میں کچھ نہیں جان سکتا تھا۔ میں نے اپنے آپ کو بہت تھکا ہوا کمزور اور شکست خوردہ محسوس کیا۔ اور اسی لمحے اس کی دل نوازی نے میری آنکھیں بند کر دیں، کیوں کہ اس کی آواز میں مٹھاس تھی اور وہ مجھ سے ایک ڈوب جانے والے شخص کی موت کے تلذذ کے بارے میں باتیں کر رہی تھیں۔ جب مجھے ہوش آیا تو میں اس سے ڈرنے لگا اور اس سے نفرت کرنے لگا۔

ان دنوں میں اپنے تمام معمولات ترک کر چکا تھا۔ اب میں نے دوستوں سے ملنا جلنا شروع کر دیا اور پرانے اچھے تعلقات کی تجدید نو میں لگ گیا تھا۔ میں اپنی ایک پرانی گرل فرینڈ سے ملا۔ اس سے یہ قسم لے کر کہ وہ میرا راز راز میں رکھے گی، میں نے اس سے لہر کے ساتھ اپنی زندگی کی کہانی بیان کر دی۔ اپنے مرد کی زندگی بچانے سے زیادہ کسی عورت کو اور کوئی فکر نہیں ہو سکتی۔ میری مداح نے اپنے تمام حربے آزما ڈالے لیکن وہ بے چاری عورت جس کے پاس ایک محدود سا جسم اور روح تھی، میری اس دوست کے سامنے اس کی وقعت ہی کیا تھا جو ہر لمحے اپنا پینترا بدل لیتی تھی اور جس کی کایا کلپ میں ایک تواتر اور تسلسل تھا۔

سردی کا موسم آ گیا۔ آسمان خاکستری سا ہو گیا۔ شہر دھند میں لپٹ گیا۔ اولے پڑنے لگے۔ میری دوست اب ہر رات کو چلانے لگی۔ دن کے وقت وہ خاموش ایک طرف کو ہو کر پڑی رہتی تھی اور پھر ایک ہی جیسے انداز میں ہکلاہٹ کا شکار رہتی جیسی کہ کوئی کونے میں پڑی رہنے والی بوڑھی عورت رہتی ہے۔ وہ ٹھنڈی یخ ہو گئی تھی۔ اس کے سامنے سونے کا عمل ساری رات ٹھٹھرنے اور اپنی قلفی جمانے کے مترادف تھا، اور یوں تھوڑا تھوڑا کر کے خون، ہڈیوں کا گودا اور خیالات تک جم سکتے تھے۔ اب وہ بہت خاموش اور بے چین رہنے لگی تھی اور ناقابل رسائی ہو چکی تھی۔ میں نے اب گھر سے باہر رہنا شروع کر دیا تھا اور ہر بار میری غیر حاضری کا وقفہ لمبا ہوتا جا رہا تھا۔ وہ اپنے کونے میں اونچی آواز سے کراہتی رہتی تھی۔ وہ اپنے فولادی دانتوں اور ہڑپ کر جانے والی زبان

سے دیواروں کو بھنبھوڑتی جس سے وہ دیواریں لرزلرز جاتیں۔ وہ اپنی راتیں ماتم کرتے اور مجھے ملامت کرتے ہوئے گزارتی۔ اسے ڈراؤنے خواب آتے، وہ سورج کی روشنی اور گرم ساحلوں کی خواہش کرتی۔ وہ مہینوں جتنی لمبی راتوں میں اپنے خوابوں میں اپنے آپ کو قطبین کے علاقے میں برف کی بڑی بڑی سلوں کے درمیان سے ہو کر اندھیرے آسمانوں کے نیچے پھرتا ہوا محسوس کرتی۔ وہ میری بے عزتی کرتی، وہ بددعائیں بھی دیتی اور قہقہے لگاتی۔ اس نے اپنے اوہام اور قہقہوں سے سارا گھر آلودہ کر دیا تھا۔ وہ گہرائیوں میں بسنے والی تندخو، تیز طرار اور اندھی بلاؤں کو پکارتی رہتی۔ شاید اس کے وجود میں بجلی تھی کہ وہ جس چیز کو ہاتھ لگاتی، اسے راکھ کر دیتی۔ وہ اپنے وجود کی تیزابیت کی بنا پر اس چیز کو جو اس کی دسترس میں ہوتی، نگل لیتی۔ اس کی خوب صورت چھپیاں اب میرے گلے میں پھندا ڈالنے والی رسیاں بن گئی تھیں اور اس کا چمکدار اور سبز جسم ایک غیر مرئی کوڑے کی صورت میں تبدیل ہو چکا تھا جو ہر دم برستا رہتا تھا۔ میں بھاگ گیا۔ وہ خوفناک مچھلی خوفناک آواز سے قہقہے لگاتی رہی۔

وہاں پہاڑوں میں چیڑ کے اونچے درختوں اور مسلح چٹانوں کے درمیان میں نے ہلکی خشک ہواؤں کو یوں اپنے پھیپھڑوں میں بھرا جیسے یہ میری آزادی کی ساتھی ہوں۔ ایک ماہ بعد میں لوٹا تو میں ایک فیصلہ کر چکا تھا۔ اس دوران اتنا سرد موسم رہتا تھا کہ چمنی کے پتھر پر جس کے نزدیک آگ جلائی جاتی تھی، مجھے برف کا ایک مجسمہ ملا۔ میں اس کی اپنی دوست کے مجسمے کی خوب صورتی سے مبہوت ہو کر رہ گیا تھا۔ میں نے اسے ایک کینوس کے تھیلے میں ڈالا اور بازار کی طرف چل پڑا۔ قریب ہی واقع ایک ریستوران میں، میں نے اسے اپنے ایک ویٹر دوست کے ہاتھوں بیچ ڈالا جس نے جلدی سے اسے توڑ کر چھوٹے چھوٹے برف کے ٹکڑوں میں تبدیل کر دیا اور پھر ان ٹکڑوں کو نہایت احتیاط کے ساتھ ان بالٹیوں میں ڈال دیا جس میں بوتلیں ٹھنڈی کرنے کے لیے رکھی جاتی تھیں۔

کانٹا بدلنے والا

جوآن جوز آریولا (میکسیکو)

ترجمہ: محمود احمد قاضی

اس دور افتادہ ریلوے اسٹیشن پر جب وہ مسافر پہنچا تو اس کی سانس پھولی ہوئی تھی۔ بھاری سوٹ کیس نے جسے اٹھانے میں کسی نے بھی اس کی مدد نہ کی تھی، اسے تھکا دیا تھا۔ اس نے رومال سے اپنا چہرہ صاف کرتے ہوئے اپنی آنکھوں پر اپنے ہاتھ سے چھجا سا بنایا اور ریل کی پٹڑی کو دور افق میں گم ہوتے ہوئے دیکھنے لگا۔ اس نے سانس کرتے ہوئے نہایت مضطرب انداز میں اپنی گھڑی کی طرف دیکھا۔ یہ ٹرین کے آنے کا وقت تھا۔

کسی شخص نے (جو نہ جانے کدھر سے چلا آیا تھا) اسے ہلکی سے تھپکی دی۔ اجنبی نے مڑ کر دیکھا تو اپنے سامنے ایک منحنی سے بوڑھے شخص کو پایا جو کہ اس کے خیال میں ریلوے کا کوئی ملازم ہو سکتا تھا۔ اس بوڑھے شخص نے اپنے ہاتھ میں ایک کھلونے کی مانند چھوٹی سی سرخ روشنی والی لالٹین پکڑ رکھی تھی۔ وہ مسافر کو دیکھتے ہوئے مسکرایا اور مسافر نے اس سے نہایت بے تابی کے ساتھ سوال کیا۔

''معاف کیجیے۔۔۔ کہیں ٹرین چلی تو نہیں گئی؟''

''کیا آپ یہاں اس علاقے میں کافی عرصے کے بعد آئے ہیں؟''

''مجھے یہاں جلدی میں آنا پڑا۔ میرا علی الصبح 'T' پہنچنا بہت ضروری ہے۔''

''ہر کوئی یہ جان سکتا ہے کہ آپ نے صورت حال کو صحیح طور پر نہیں سمجھا۔ فوری طور پر آپ کو مسافروں والے ہوٹل میں پہنچنا چاہیے۔''

اس نے عام راستے سے ہٹ کر واقع ایک سیب رنگ عمارت کی طرف اشارہ کیا جو شاید کبھی ایک بیرک کا کام دیتی ہوگی۔

’’میں کمرہ کرائے پر نہیں لینا چاہتا، میں تو ٹرین پکڑنا چاہتا ہوں۔‘‘

’’جناب، آپ جلدی سے کمرہ حاصل کرنے کی کوشش کریں۔ شاید کوئی خالی کمرہ مل ہی جائے۔ اور اگر آپ کو کمرہ مل جائے تو اسے ایک ماہ کے لیے حاصل کرلیں۔ اس طرح یہ سستا پڑے گا اور سروس بھی اچھی ملے گی۔‘‘

’’تمھارا دماغ تو ٹھیک ہے؟ میرا علی الصبح 'T' پہنچنا بہت ضروری ہے۔‘‘

’’اگر میں آپ سے سچی بات کہوں تو یہ آپ کے لیے بہتر رہے گا، اس طرح آپ چیزوں کا صحیح اندازہ کرسکیں گے، البتہ میں آپ کو ایک نصیحت کروں گا۔ میری بات غور سے سنیں۔

’’جیسا کہ آپ جانتے ہیں یہ جگہ اپنی ریل کی پٹریوں کی وجہ سے مشہور ہے۔ ابھی تک ہم تفصیلات طے کرنے میں تو ناکام رہے ہیں۔ لیکن ہم نے ٹکٹوں کی بڑھوتی اور ٹائم ٹیبلوں کی اشاعت کے سلسلے میں حیران کن کام کیے ہیں۔ ریلوے گائیڈ بکس میں ملک کے ہر گنجان علاقے کی نشان دہی کی گئی ہے۔ عام راستوں سے ہٹ کر واقع نہایت غیر اہم اسٹیشنوں کے لیے بھی ٹکٹیں بیچی جا رہی ہیں۔

’’اب ہمیں صرف یہ کام کرنا ہے کہ کسی طرح ٹرینیں اپنے شیڈول کے مطابق چلنے لگیں اور پھر اپنی منزل مقصود تک بھی پہنچیں۔ اور یہاں کے رہنے والے لوگ اس بات کی امید بھی کر رہے ہیں اور پھر ہم اپنی حب الوطنی کے تقاضے کے تحت لوگوں کی ناراضگی بھی مول نہیں لے سکتے۔‘‘

’’لیکن کیا کوئی ایسی ٹرین ہے جو اس شہر سے گزرتی ہے؟‘‘

’’سیدھی بات تو یہ ہے کہ یہ ایک غلط بیانی ہوگی۔ جیسا کہ آپ خود دیکھ سکتے ہیں کہ یہاں ریل کی پٹری تو موجود ہے لیکن بس تھوڑی سی بھدی بھی ہے۔ بعض جگہوں پر تو اسے زمین پر یوں رکھ دیا گیا ہے۔ حقیقت تو یہ ہے کہ یہاں کوئی ٹرین رکی نہیں لیکن اگر کوئی ٹرین اس طرف آنا چاہے تو اس کے لیے کوئی رکاوٹ بھی نہیں۔ میں نے اپنی زندگی میں بہت سی گاڑیاں دیکھی ہیں اور بہت سے ایسے مسافر بھی دیکھے ہیں جو ٹرین پر سوار بھی ہوئے۔ اگر آپ مناسب وقت کا انتظار کریں تو ہوسکتا ہے مجھے ہی آپ کو کسی ایسی گاڑی میں سوار کرانے کا شرف حاصل ہوجائے جس کے کسی شاندار ڈبے میں آپ آرام کے ساتھ سفر کرسکیں۔‘‘

’’لیکن کیا ٹرین مجھے 'T' تک پہنچا دے گی؟‘‘

’’ہاں اسے آپ کو سوائے 'T' کے کہیں اور نہیں پہنچانا چاہیے۔ اگر آپ اس پر سوار ہوسکیں تو آپ کو خود اپنے آپ کو مبارک باد دینی چاہیے۔ جب آپ ٹرین پر سوار ہوجائیں گے تو آپ کی زندگی خود بہ خود اس خاص سمت میں رواں دواں ہوجائے گی۔ اور اگر آپ 'T' نہیں بھی پہنچ پاتے تو اس سے کیا فرق پڑ جائے گا۔‘‘

’’فرق پڑے گا کیوں کہ میری ٹکٹ 'T' کے لیے ہی بنی ہے، اور اس کے پیچھے ایک معقول وجہ ہے، کیا نہیں ہے؟ اور یہ کہ کیا مجھے اپنی منزل پر پہنچانا ٹرین کی ذمہ داری نہ ہوگی؟‘‘

’’بہت سارے لوگ آپ کی اس بات سے متفق ہوں گے۔ ہوٹل میں آپ کو ایسے لوگوں سے بات

چیت کرنے کا موقع ملے گا، جنھوں نے احتیاطی تدابیر اختیار کر کے ہر طرف کی ٹکٹیں خرید رکھی ہوں گی۔ عام طور پر دور اندیش لوگ اس لائن پر واقع ہر اسٹیشن کے لیے اپنی بکنگ کرا لیتے ہیں۔ کچھ لوگوں نے انھی ٹکٹوں سے اپنی امیدیں باندھ رکھی ہوتی ہیں۔''

''میرا یہ خیال تھا کہ مجھے 'T' تک پہنچنے کے لیے صرف ایک ہی ٹکٹ کافی ہوا۔''

''قومی ٹرینوں کا اگلا منصوبہ اس واحد شخص کے خرچ پر تیار کیا جائے گا جس نے موجودہ وقت کے اس ریلوے نظام کی ترقی کے لیے واپسی کے ٹرپ کی ٹکٹوں کی امید میں اپنا سرمایہ لگایا ہوگا اور جس کی تجاویز کو بمعہ پلوں اور سرنگوں کے ابھی تک کارپوریشن کے انجینئروں نے منظور نہیں کیا۔''

''لیکن کیا 'T' تک براہ راست جانے والی ٹرین ابھی تک چل رہی ہے؟''

''ہاں یہ بھی اور اس کے علاوہ بھی بہت سی ہیں۔ سچی بات تو یہ ہے کہ ملک میں ٹرینوں کا کوئی انت نہیں۔ اور مسافر حضرات یہ بات جانتے ہوئے بھی کہ سروس میں کوئی باقاعدگی نہیں پائی جاتی، انھیں بے تحاشا اپنے استعمال میں لا سکتے ہیں۔ دوسرے لفظوں میں اس کا مطلب یہ ہے کہ جو کوئی ٹرین پر سوار ہوتا ہے، تو اس کے لیے ضروری نہیں کہ وہ وہیں جا پہنچے جہاں وہ جانا چاہتا ہے۔''

''پھر۔۔۔کیا ہو سکتا ہے؟''

''عوام کو خوش کرنے کے چکر میں انتظامیہ نے کچھ معاملات میں عجیب و غریب اقدامات کیے ہیں۔ کچھ گاڑیاں ایسی ہیں جو ناقابل گزر راستوں پر چل رہی ہیں۔ یہ مہماتی گاڑیاں بعض اوقات سالوں بعد اپنا سفر مکمل کرتی ہیں اور مسافروں کی زندگی اس عبوری دور میں کئی قسم کی کایا کلپ سے گزرتی ہیں۔ ایسے سفر میں چونکہ خطرات بھی عام ہوتے ہیں، اس لیے ممکنہ ایمرجنسی کو مدنظر رکھتے ہوئے انتظامیہ نے ایک ماتمی ڈبے اور تجہیز و تکفین والی ویگن کا بھی بندوبست کر رکھا ہے۔ کنڈکٹر حضرات کسی مسافر کی بڑے مہنگے طریقے سے محفوظ شدہ لاش کو کسی پلیٹ فارم پر اتارنے میں فخر محسوس کرتے ہیں۔ بعض دفعہ یہ ٹرینیں ریل کی پٹری کی کمی کی بنا پر سڑکوں پر بھی چلنے لگتی ہیں۔ جب ٹرین کے پہیے کانٹا بدلنے کی جگہ پر اچھلتے ہیں تو ڈبے خوفناک انداز میں کھڑکھڑ کرتے ہیں۔ انتظامیہ کی احتیاطی تدابیر میں سے ایک یہ بھی ہے کہ فرسٹ کلاس کے مسافر تو ریل کی پٹری پر سفر کرتے ہیں، جب کہ سکنڈ کلاس کے لیے ہچکولے کھانے والا راستہ اختیار کیا جاتا ہے۔ البتہ کچھ ایسے راستے بھی ہیں جہاں ریل کی پٹری بالکل ناپید ہے۔ یہاں تمام مسافر ایک جیسی تکلیف ہی جھیلتے ہیں، حتیٰ کہ ٹرین آخر میں کھڑکھڑاتی ہوئی ٹکڑوں میں تبدیل ہو جاتی ہے۔
''

''خدا کی پناہ!''

''میں ابھی آپ کو مزید بتاتا ہوں۔'' 'F' نام کا ایک چھوٹا سا گاؤں ایسے ہی حادثات کی بنا پر وجود میں آیا تھا۔ ٹرین ایک ناقابل گزر راستے کی طرف نکل گئی تھی۔ ریت میں دھنس کر پہیوں کے ایکسل ٹوٹ گئے تھے۔ مسافر حضرات وہاں اتنی مدت تک پڑے رہے تھے کہ ان کے لیے آپس میں گپ شپ کرنا اور دوستیاں کرنا ناگزیر

ہو گیا، ان کی دوستی جلد ہی دیہی گیتوں میں ڈھل گئی تھی اور اس کا نتیجہ وہ ترقی پذیر گاؤں 'F' تھا جہاں بہت ساری چھوٹی چھوٹی نازک سی بچیاں ٹرین کی زنگ آلود باقیات سے کھیلتی تھیں۔''

''میں کہہ نہیں سکتا کہ میں ایسی چیزوں کی کوئی پرواہ کرتا ہوں یا نہیں۔''

''آپ کو اپنے کردار کو مضبوط رکھنا چاہیے۔ اس طرح شاید آپ ایک ہیرو بن کر ابھریں۔ آپ یہ نہیں کہہ سکتے کہ وہاں مسافروں کے لیے بہادری کا مظاہرہ کرنے اور قربانی پیش کرنے کے مواقع نہیں ہیں۔ ایک بار کوئی دو سو کے لگ بھگ مسافروں نے، جو کہ بے نام ہوں گے، ہماری ریلویز کی سالانہ رپورٹ کے سنہرے صفحات کو تصنیف کیا تھا۔ واقعہ یہ تھا کہ ایک آزمائشی سفر میں انجینئروں نے ہمارے سڑک کے عملے کی غفلت کی وجہ سے عین وقت پر ایک قبر دریافت کی تھی۔ ایک پُل جس کو ایک تنگ گھاٹی پر موجود ہونا چاہیے، غائب تھا۔ تو جناب سمت بدلنے کے بجائے انجینئروں نے مسافروں کو ایک چھوٹی سی تقریر سے نوازا اور اسی روٹ پر سفر جاری رکھنے کے لیے حوصلہ افزائی کی تھپکی دی۔ اس حوصلہ افزا فضا میں، ٹرین کو چھوٹے چھوٹے ٹکڑوں میں تبدیل کیا گیا اور جب مسافر حضرات ساری ٹرین کو اپنے کندھوں پر لاد کر تنگ گھاٹی کی مخالف سمت میں پہنچے تو وہاں ایک طغیانی میں آیا ہوا دریا ان کی حیرانی میں مزید اضافہ کرنے کے لیے ان کا منتظر تھا۔ اس واقعے کا نہایت عمدہ نتیجہ یہ نکلا کہ اس دن کے بعد سے انتظامیہ نے پلوں کی تعمیر کے منصوبے ہمیشہ کے لیے ترک کر دیے اور ایسے مسافر حضرات جو اس قسم کی اضافی مصیبتیں جھیلنے کا حوصلہ رکھتے تھے، ان کے لیے کرایے میں خصوصی رعایت دی جانے لگی۔''

''لیکن مجھے علی الصبح ہر حال میں 'T' پہنچنا ہے۔''

''خدا آپ کو مزید ہمت عطا کرے۔ مجھے خوشی ہے کہ آپ اپنے ارادے کے پکے نکلے۔ آپ ایک پختہ یقین رکھنے والے شخص ہیں۔ فوری طور پر ہوٹل میں کمرہ حاصل کریں اور جو بھی پہلی ٹرین آتی ہے، اس پر سوار ہو جائیں۔ آپ کے راستے میں ہزاروں لوگ آئیں گے، اس لیے اپنی سی بھرپور کوشش کیجیے۔ جوں ہی کوئی ٹرین اسٹیشن پر آکر رکتی ہے تو ایک عرصے سے یہاں رکے ہوئے مسافر چیختے چلاتے ایک بے ہنگم ہجوم کی صورت میں پلیٹ فارم پر ٹوٹ پڑتے ہیں، عموماً ان کی یہ بدنظمی اور بدتمیزی حادثات کو جنم دیتی ہے۔

''بجائے اس کے وہ ایک قطار میں کھڑے ہو جائیں اور باری باری ٹرین پر سوار ہوں، وہ ٹولیوں کی صورت میں ایک دوسرے کا راستہ روک کر کھڑے ہو جاتے ہیں۔ ادھر وہ بدنظمی اور دھکم پیل میں یوں مصروف ہوتے ہیں کہ ٹرین نکل جاتی ہے اور وہ وہیں ہاتھ ملتے کھڑے رہ جاتے ہیں۔ جہالت کی لعنت میں لتھڑے یہ مسافر عموماً اپنا وقت ایک دوسرے کو زدوکوب کرنے اور گالیاں دینے میں گزارتے ہیں۔

''ایک اسٹیشنوں کی ملیشیا کو ہر جگہ آزمایا گیا مگر غیر یقینی شیڈول کی وجہ سے بے فائدہ اور مالی لحاظ سے مہنگی ثابت ہوئی۔ مزید یہ اس اسٹاف نے بجائے خود ضمیر فروشی کا مظاہرہ کیا۔ انھوں نے صرف ان کھاتے پیتے لوگوں کی مدد کی جو ٹرین پر سوار ہونے کے عوض انھیں سب کچھ دینے کے لیے تیار تھے۔ ایک خصوصی اسکول قائم کیا گیا، جہاں متوقع مسافروں کو ٹرین میں اپنی زندگیاں گزارنے کی بنیادی تربیت دی جاتی تھی، اور شائستگی کے سبق

پڑھائے جاتے تھے۔ انھیں چلتی ٹرین پر سوار ہونے، حتیٰ کہ تیز رفتار گاڑی پر سوار ہونے کا صحیح طریقہ بتایا جاتا تھا، پھر انھیں زرہ بکتر قسم کے اسلحے سے لیس کیا جاتا کہ مسافروں کی پسلیاں ٹوٹنے سے بچی رہیں۔''

''جب مسافر ٹرین پر سوار ہوجاتے تھے تو کیا ان کی مصیبتیں ختم ہوجاتی ہیں؟''

''نسبتاً کم ہوجاتی ہیں۔ میرا آپ کو مشورہ ہے کہ آپ اسٹیشنوں کے لیے اپنی آنکھیں کھلی رکھیں، مثال کے طور پر آپ سمجھ بیٹھیں گے کہ آپ 'T' اسٹیشن پر پہنچ گئے مگر پھر آپ کو معلوم ہوگا کہ یہ تو سراب تھا۔ ان پُرہجوم ٹرینوں پر تمام حالات اپنے قابو میں رکھنے کے لیے انتظامیہ خصوصی انتظامات کو ملحوظ خاطر رکھنا ضروری سمجھتی ہے۔ کچھ اسٹیشن ایسے بنا دیے جاتے ہیں جو محض نظر آتے ہیں اور حقیقت میں ان کا کوئی وجود نہیں ہوتا، ایسے اسٹیشن ویرانوں میں مشہور شہروں کے نام اپنے ماتھے پر سجائے ہوتے ہیں۔ لیکن تھوڑی سی تحقیق سے اس فراڈ کا پتہ چلایا جاسکتا ہے۔ یہ کسی تھیٹر کے اسٹیج سیٹ کی طرح ہوتے ہیں، وہاں موجود بھوسہ بھرے لوگ اصلی لوگوں کی ہو بہو نقل ہوتے ہیں۔ ان 'ڈمیوں' پر موسم کے تغیر و تبدل کے اثرات دیکھے جاسکتے ہیں لیکن بعض اوقات یہ زندگی سے بھرپور دکھائی دیتے ہیں۔ ان کے چہروں پر ہمیشہ تازگی پائی جاتی ہے۔''

''خدا کا شکر ہے کہ 'T' یہاں سے زیادہ دور نہیں۔''

''لیکن سردست 'T' کو براہ راست کوئی ٹرین نہیں جاتی۔ البتہ جیسا کہ آپ چاہتے ہیں صبح سویرے جانے والی ٹرین شاید آپ کو 'T' پہنچا دے۔ ریلوے انتظامیہ پتہ نہیں، اپنی کن مجبوریوں کے تحت ٹرین کے بغیر رکے سفر پر روانہ رہنے کے امکان کو رد نہیں کرتی۔ کیا آپ اس بات کا یقین کریں گے کہ کچھ لوگوں کو اپنی منزل پر پہنچنے کے سلسلے میں کسی خاص پریشانی کا سامنا نہیں کرنا پڑتا؟ وہ اسٹیشن 'T' کے لیے ٹکٹ خریدتے ہیں، ایک ٹرین آتی ہے، وہ اس پر سوار ہوجاتے ہیں اور اگلے دن وہ کنڈیکٹر کا اعلان سنتے ہیں: 'گاڑی 'T' اسٹیشن پر پہنچ گئی ہے۔' مسافر ٹرین سے اترتے ہیں اور اپنے آپ کو واقعی 'T' اسٹیشن پر پاتے ہیں۔''

''کیا کوئی ایسی ترکیب ہے جس پر عمل کر کے میں بھی یہی نتائج حاصل کرلوں؟''

''میرا خیال ہے ایسا ہوسکتا ہے۔ لیکن کون کہہ سکتا ہے کہ کوئی ترکیب اس سلسلے میں کارگر بھی ثابت ہوگی یا نہیں۔ بس آپ ہر طریقہ آزمائیں۔ آپ مسافروں کی پرواہ کیے بغیر 'T' پہنچنے کے پکے ارادے کے ساتھ ٹرین پر سوار ہوجائیں۔ وہ آپ کو مسافروں کی مشکلات کی کہانیاں سنا کر بددل کرنے کی کوشش کریں گے اور آپ کو سر عام برا بھلا کہتے ہوئے خود موقع کی تلاش میں رہیں گے۔''

''اس سے تمھاری کیا مراد ہے؟''

''حقیقت یہ ہے کہ ٹرینیں جاسوسوں سے بھری ہوتی ہیں۔ یہ رضاکار جاسوس انتظامیہ کی تعمیری روح کو اجاگر کرنے کے لیے اپنی زندگیاں وقف کر دیتے ہیں۔ بعض اوقات انھیں خود نہیں پتہ ہوتا کہ وہ کیا کہہ رہے ہیں، بس وہ محض بولنے کے لیے کچھ نہ کچھ کہتے رہتے ہیں۔ لیکن اگلے ہی لمحے وہ ہر کہے گئے جملے کے تمام ممکنہ معانی بیان کرنے کی تگ و دو میں لگ جاتے ہیں۔ وہ نہایت سادہ بیانات کو خطرناک معانی پہنچانے کے فن کے ماہر

ہوتے ہیں۔آپ کی زبان سے نکلا ہوا ایک لفظ آپ کے لیے خطرے کا باعث ہوسکتا ہے۔اگر آپ کو راستے میں پڑنے والے کسی نا موجود اسٹیشن پر گرا دیا جاتا ہے تو آپ اپنی باقی ماندہ زندگی وہیں ہچکولے کھاتے ہوئے گزاریں گے۔سفر کرتے ہوئے آپ کو حوصلے سے کام لینا ہوگا۔جہاں تک ممکن ہو، کم کھائیے۔اور اس وقت تک اسٹیشن پر قدم مت رکھیں، جب تک کہ 'T' اسٹیشن پر آپ کا کوئی شناسا چہرہ نظر نہ آجائے۔''

''لیکن میں تو 'T' میں کسی کو نہیں جانتا۔''

''اگر ایسا ہے تو آپ کو بے حد محتاط رہنا چاہیے۔میں آپ کو بتاتا ہوں کہ رستے میں آپ کو کئی قسم کے دھوکے دیے جائیں گے۔اگر آپ ٹرین سے باہر جھانک کر دیکھیں گے تو آپ فریب نظر کا شکار ہوجائیں گے۔کھڑکیوں کو ایسے آلات سے مزین کیا گیا ہے جو مسافر کے ذہن کو کئی قسم کے واہموں میں مبتلا کر دیتے ہیں۔آپ کو نہایت آسانی سے دھوکہ دیا جاسکتا ہے۔انجن کے ذریعے ایک ایسا نظام بروئے کار لایا جاتا ہے جو حرکت اور شور کا ایسا تاثر پیدا کرتا ہے کہ محسوس ہوتا ہے ٹرین چل رہی ہے۔حقیقت میں ٹرین کافی عرصے رکی کھڑی ہوتی ہے، مگر مسافر کھڑکی کے شیشوں سے بدستور لینڈ اسکیپ کا نظارہ کر رہے ہوتے ہیں۔''

''آخر میں ان تمام باتوں کا مطلب کیا ہے؟''

''انتظامیہ نے نہایت مہارت کے ساتھ مسافروں کو ان کی منزل کے کھو جانے کے احساس اور پریشانی کو کم کرنے کے لیے ایسا انتظام کر رکھا ہوتا ہے۔وہ اس امید میں ہیں کہ ایک دن مسافر اپنا سب کچھ تقدیر اور ایک طاقتور کارپوریشن کے ہاتھوں میں سونپ دیں گے اور وہ یہ سوچنے کے قابل بھی نہیں رہیں گے کہ وہ کہاں سے آرہے ہیں اور انھیں جانا کہاں ہے۔''

''اور تم۔۔۔کیا تم نے اس لائن پر بہت زیادہ سفر کیا ہے؟''

''میں۔۔۔میں تو جناب ایک معمولی کانٹا بدلنے والا ہوں۔سچی بات کہوں، میں تو ایک ریٹائرڈ کانٹا بدلنے والا ہوں اور کبھی کبھار گزرے دنوں کے، اچھے دنوں کو یاد کرنے آتا ہوں۔میں نے اپنی زندگی میں کوئی سفر نہیں کیا اور نہ ہی کرنا چاہتا ہوں۔لیکن میں نے مسافروں سے بہت کچھ سن رکھا ہے۔میں جانتا ہوں کہ جس ماحول کا میں نے ذکر کیا ہے، اس کے لیے لوگوں میں دلچسپی پیدا کرنے میں ٹرینوں کا بہت بڑا ہاتھ ہے۔بعض ٹرینوں کا عملہ بڑے پُراسرار کمالات دکھاتا ہے۔وہ کسی جگہ کی خوب صورتی کے نظارے کے بہانے لوگوں کو ٹرین سے اترنے کے لیے کہتے ہیں۔وہ غاروں، آبشاروں اور آثار قدیمہ کے بارے میں گفتگو کرتے ہیں۔

''جناب، آپ کو اس کھوہ کی تعریف کے لیے پندرہ منٹ دیے جاتے ہیں۔' کنڈیکٹر یہ جملہ خوشگوار لہجے میں ادا کرتا ہے۔

''اور جب مسافر کافی فاصلے پر چلے جاتے ہیں تو ٹرین ایک دم پوری رفتار سے روانہ ہوجاتی ہے۔''

''اور مسافر؟''

''مسافر کچھ عرصہ کے لیے تو الجھن میں مبتلا ہو کر اِدھر اُدھر مارے مارے پھرتے ہیں لیکن بالآخر باہم مل کر

کالونیاں بسا لیتے ہیں۔ یہ عارضی بستیاں ایسے علاقوں میں معرض وجود میں آتی ہیں جو تہذیب یافتہ علاقوں سے بہت دور ہوتی ہیں، مگر قدرتی وسائل سے مالا مال ہوتی ہیں۔ یہاں نوجوانوں کا ایک خاص گروہ ہر قسم کے لہو ولعب میں، جس میں خاص طور پر عورتیں شامل ہوں، ڈوب جاتا ہے۔ یہ کتنی عمدہ بات ہوگی کہ آپ ایسی خوب صورت پوشیدہ جگہ پر خوب صورت عورتوں کے ساتھ اپنے دن گزاریں؟''

بوڑھے شخص نے اپنی آنکھیں جھپکائیں اور مسافر کو مسکراتے ہوئے رحم دلی کے ساتھ دیکھا۔ اسی لمحے دور سے وِسل سنائی دی۔ بوڑھا ایک دم اچھا اور بے چینی کے ساتھ اس طرف متوجہ ہو گیا، وہ اپنی لالٹین سے بڑے مضحکہ خیز انداز میں سگنل دینے لگا۔

''کیا یہی گاڑی ہے؟'' اجنبی نے پوچھا۔

بوڑھا شخص نہایت عجلت اور افراتفری میں ریلوے اسٹیشن کی طرف بھاگ اٹھا۔ جب وہ کافی دور چلا گیا تو اس نے مڑتے ہوئے چیخ کر کہا، ''اگر خوش قسمتی نے تمھارا دامن تھام لیا تو تم صبح تک وہاں پہنچ جاؤ گے۔ تمھارے اس ریلوے اسٹیشن کا کیا نام تھا؟''

''ایکس،'' اجنبی نے جواب دیا۔

اور اگلے ہی لمحے وہ آدمی ہوا میں تحلیل ہو گیا۔ لیکن اس کی لالٹین کا سرخ نقطہ ریلوے لائنوں کے درمیان آنے والی ٹرین کی سمت میں اِدھر اُدھر حرکت کرتا رہا۔

مسافروں کی گزرگاہ کے دوسری طرف انجن اپنی کھڑکھڑاہٹ اور شور کے ہمراہ تیزی سے چلا آرہا تھا۔

بجری

ایلس منرو (کینیڈا)

ترجمہ: احمد فرہاد

ایلس منرو (پ: ۱۰ جولائی ۱۹۳۱ء) کینیڈا کی افسانہ نویس ہیں جنھوں نے ۲۰۱۳ء میں نوبل انعام برائے ادب حاصل کیا۔ اس سے قبل انھیں ۲۰۰۹ء میں مین بوکر انٹرنیشنل انعام سے بھی نوازا جاچکا ہے۔

ان دنوں ہم بجری کی کان کے ساتھ ہی رہتے تھے۔ یہ کسی بھی قسم کی بڑی مشینری سے عاری ایک چھوٹا سا گڑھا تھا، جس سے اس کے مالک نے چند برس پہلے بھی کچھ پیسے کمائے ہوں گے۔ اس کا خالی پن دیکھ کر آپ یہ سوچنے پر بھی مجبور ہو سکتے تھے کہ اسے کسی اور مقصد کے لیے تعمیر کیا گیا ہوگا۔ مثلاً کسی گھر کی بنیاد، جسے بعد میں ادھورا چھوڑ دیا گیا ہو۔ میری ماں ہی ہمیشہ اس کی جانب توجہ مبذول کرانے میں لگی رہتی۔ ''ہم سروس اسٹیشن روڈ پر واقع بجری کی کان کے ساتھ رہتے ہیں۔'' وہ لوگوں کو فخر سے بتاتی۔ کیوں کہ وہ اپنی سابقہ زندگی، گھر، گلی، اور خاوند سے وابستہ ہر چیز تیاگ کر بہت خوش تھی۔ میں اس زندگی کو بمشکل ہی یاد کر سکتی ہوں، جس کے صرف چند گوشے ہی میرے حافظے میں پوری طرح روشن ہیں۔ اور بغیر حوالوں کے آپ مکمل تصویر کشی کر بھی نہیں سکتے۔ پرانے گھر سے متعلق واحد بات جو میرے ذہن میں تازہ ہے، دیوار پر ٹنگا وہ آرائشی کپڑا ہے جس پر ریچھ کاڑھے گئے تھے۔ اس نئے گھر میں، جو درحقیقت ایک 'متحرک گھر' تھا، میرے اور کیرو کے لیے دو تنگ پلنگ تھے، جنھیں ایک دوسرے کے اوپر رکھا گیا تھا۔ جب ہم یہاں منتقل ہوئے تو کیرو اپنے پرانے گھر کے بارے میں بہت باتیں کرتی اور مجھے کچھ نہ کچھ یاد کروانے کی کوشش میں لگی رہتی۔ ایسا خاص طور پر اس وقت ہوتا جب ہم بستر میں ہوتے، اور بات؛ عموماً میرے یاد کرنے کی ناکام کوشش اور اس کے حد سے تجاوز پر ختم ہوتی۔ بعض اوقات مجھے لگتا کہ میں کچھ باتیں

یاد کر سکتی ہوں، لیکن تضاد یا غلطی کے خوف سے میں کچھ بھی یاد نہ آنے کا بہانہ بنا لیتی۔ جب ہم اس ٹرالے میں منتقل ہوئے تو یہ گرمیوں کا موسم تھا۔ ہمارا کتا ایسے علاقے میں خوش کیوں نہ ہو جہاں بڑے گھر، کشادہ صحن اور کھلا دیہی علاقہ میسر ہو؟ وہ ہر گزرنے والی گاڑی پر یوں بھنکتا جیسے سڑک اس کی ملکیت ہو، یا کبھی کبھی کسی گلہری یا مارموت کا شکار کر کے گھر لے آتا۔ اول اول کیرو اس پر پریشان ہو جاتی اور نیل اس موضوع پر بحث چھیڑ دیتا، وہ اسے کتوں کی فطرت کے بارے میں بتاتا، یا زندگی کے اس چکر پر بات چیت کرتا جس کے مطابق بعض چیزیں دوسری چیزوں کو نوالہ بنانے پر مجبور ہوتی ہیں۔ کیرو دلیل دیتی کہ وہ اپنے کتے کی خوراک کا بندوبست کرتی ہے اور نیل کہتا کہ فرض کرو کسی روز ہم سب موجود نہ ہوں اور اسے اپنی خوراک کی بندوبست خود کرنا پڑ جائے۔ اس پر کیرو کہتی کہ وہ کبھی کہیں غائب نہیں ہونے والی، وہ یہیں رہے گی اور ہمیشہ اپنے کتے کا خیال رکھے گی۔ کیا واقعی تم ایسا سوچتی ہو؟ نیل جواب دیتا۔ اور میری ماں بیچ میں کود کر بات کا رخ موڑ دیتی۔ نیل ہمیشہ امریکہ اور ایٹم بم کے موضوع پر تقریر کے لیے تیار رہتا اور میری ماں سمجھتی تھی کہ ابھی ہم ایسے موضوع پر گفتگو کے لیے تیار نہیں۔ میری ماں کو معلوم نہیں تھا کہ جب نیل نے یہ موضوع چھیڑا، مجھے یوں لگا کہ جیسے وہ ایٹم بم نہیں، ایٹم بن کر بات کرنے جا رہا ہے۔ مجھے معلوم تھا کہ یہ تفسیر درست نہیں تھی لیکن میں پوچھ کر تماشا نہیں بننا چاہتی تھی۔ نیل ایک اداکار تھا۔ قصبے میں موسم گرما کا ایک پیشہ ور تھیٹر موجود تھا، جو اس دور میں ایک نئی بات تھی، جس پر زیادہ تر لوگ پُر جوش اور بعض متفکر تھے کہ یہ گند پیدا کر دے گا۔ میری ماں اور باپ بھی تھیٹر کے حامیوں میں سے تھے۔ خاص طور پر میری ماں، کیوں کہ اس کے پاس تھیٹر کے لیے کافی وقت تھا۔ میرا باپ ایک بیمہ فروش تھا اور اسے کافی سفر کرنا پڑتا تھا۔ میری ماں تھیٹر کے لیے چندہ جمع کرنے والی سرگرمیوں میں مشغول رہتی جس نے بطورِ حاجب تھیٹر کے لیے اپنی خدمات وقف کر رکھیں تھیں۔ وہ خوش شکل اور اتنی جوان تھی کہ اس پر کسی اداکارہ کا شائبہ ہو سکتا تھا۔ اس نے اداکاروں کی طرح اسکارف، لمبی قمیصوں اور گلے میں لٹکتے ہاروں کا استعمال بھی شروع کر دیا تھا۔ اس نے بال بنانا اور بناؤ سنگھار کرنا بھی چھوڑ دیا تھا۔ یقیناً میں ان تبدیلیوں کو نہیں سمجھ سکی تھی، یا پھر مجھے ان کا احساس نہیں ہوا تھا۔ جہاں تک میری ماں کے متعلق میرے باپ کے احساسات کو میں جانتی ہوں، میرا خیال ہے اسے یہ دیکھ کر فخر ہوا ہوگا کہ وہ اس آزادانہ روش میں کتنی اچھی لگتی ہوں گی۔

بعد میں اس بارے میں بات کرتے ہوئے میرے باپ نے کہا تھا کہ وہ ہمیشہ فن کا دلدادہ رہا ہے۔ اب میں اس بات کا اندازہ کر سکتی ہوں کہ اپنے تھیٹر کے دوستوں کے روبرو اس بات کا اعلان کرتے ہوئے میری ماں نے کس تکلیف کا سامنا کیا ہوگا۔ قہقہے لگاتے ہوئے، اور اپنی شرمساری پر پردہ ڈالنے کی کوشش کرتے ہوئے۔ پھر کچھ ایسا ہوا جسے پہلے ہی محسوس کیا جا سکتا تھا، یا شاید محسوس کیا جا چکا تھا، لیکن میرے باپ کی طرف سے نہیں۔ ایسا اگر میرے باپ کی بجائے تھیٹر کے کسی اور شخص کے ساتھ ہوا ہوتا تو شاید مجھے یہ سب یاد بھی نہ ہوتا۔

گو کہ میں یہ سب یاد نہیں کرتی لیکن معلوم ہے کہ اس روز میرا باپ رو پڑا تھا۔ وہ سارا دن گھر میں میری ماں کے پیچھے پیچھے رہا۔ وہ اسے ایک لمحے کے لیے بھی آنکھوں سے اوجھل نہیں ہونے دینا چاہتا تھا اور نہ ہی اس کی بات کا یقین کرنے کو تیار تھا۔ لیکن اس نے میرے باپ کو دلاسہ دینے کے بجائے کچھ ایسا کہا جو اس کے

لیے زیادہ کربناک تھا۔ اس نے اسے بتا دیا تھا کہ وہ نیل کے بچے کی ماں بننے والی ہے۔ کیا اسے یقین تھا؟ ہاں یقیناً، کیوں کہ وہ ساری صورتِ حال سے آگاہ تھی۔ اور پھر کیا ہوا؟ میرے باپ نے رونا دھونا چھوڑ دیا۔ اسے کام پر جانا تھا۔ میری ماں نے ہمارا سامان باندھا اور نیل کے ساتھ رہنے کے لیے ہمیں اس متحرک گھر میں لے آئی جو اس نے اسی علاقے میں ڈھونڈ رکھا تھا۔ بعد ازاں میری ماں نے بتایا کہ اس لمحے وہ بھی رو پڑی تھی لیکن اس احساس نے اسے زندگی کا احساس دیا تھا۔ شاید زندگی میں پہلی بار جینے کا حقیقی احساس۔ اسے یوں لگتا تھا جیسے اسے جینے کا ایک اور موقع مل گیا ہو۔ اس نے نئے سرے سے زندگی کا آغاز کیا۔ وہ پچھلے گھر کی تمام آرائش وزیبائش، پھولوں سے لدا، باغیچہ اور بک شیلف میں پڑی کتابیں تیاگ آئی تھی۔ اس کے کپڑے الماری میں ٹنگے اور جوتے وہیں پڑے رہ گئے تھے۔ اس کی ہیرے اور شادی کی یادگار انگوٹھی بھی سنگھار میز پر دھری رہ گئی۔ وہ موسم میں خنکی آنے تک کم لباسی میں ہی رہنا چاہتی تھی لیکن ایسا ہو نہ سکا، کیوں کہ جب اس نے اس کی کوشش کی تو کیرو اس کے کوٹ میں جا کر چھپ گئی جب کہ نیل کو بھی اس کا یہ ارادہ ایک آنکھ نہ بھایا۔ نیل کو یہ سب کیسا لگ رہا تھا؟ بعد میں جب اس نے اپنا نقطۂ نظر بیان کیا تو معلوم ہوا کہ وہ واقع کو خوش آمدید کہنے کا قائل تھا۔ اس کے نزدیک ہر چیز ایک تحفہ ہے، جسے ہم لیتے اور دیتے ہیں۔ میں ایسے لوگوں کو شک کی نگاہ سے دیکھتی ہوں لیکن میں یہ نہیں کہتی کہ مجھے ایسا کرنے کا حق بھی ہے۔ نیل حقیقت میں کوئی اداکار نہیں تھا۔ حادثاتی طور پر اس شعبے میں آ دھمکا تھا جسے وہ ایک تجربے سے تعبیر کرتا تھا۔ صرف یہ دیکھنے کے لیے کہ وہ کیا کچھ کر سکتا ہے۔ کالج چھوڑنے سے پہلے ایک بار اس نے 'ایڈی پس ریکس' میں اس نے چورس کا کردار نبھایا تھا۔ اس کے بقول اسے خود کو دوسروں کے سپرد کرنا اور ان کے رنگ میں رنگ جانا اچھا لگتا تھا۔ پھر ایک روز اسے ٹورنٹو کی ایک گلی میں اچانک ایک دوست مل گیا جو قصبے کے ایک چھوٹے سے تھیٹر میں ملازمت کے سلسلے میں جا رہا تھا۔ وہ بھی اس کے ساتھ ہو لیا، کیوں کہ اس وقت اس کے پاس اس سے بہتر کوئی اور راستہ نہ تھا۔ بالآخر وہ وہاں سے ملازمت کا پروانہ لے کر لوٹا، جب کہ اس کے دوست کو رد کر دیا گیا۔ وہاں اسے 'بینکو' کا کردار تفویض کیا گیا۔ تھیٹر والوں کو بعض اوقات 'بینکو' کو دکھانا مقصود ہوتا اور بعض اوقات نہیں۔ اس بار ان کا ارادہ دکھانے کا تھا، لہٰذا اسی قد کاٹھ کا حامل نیل ان کے لیے بہترین انتخاب تھا۔ بہترین جسامت کا مالک، ایک عمدہ بھوت۔

میری ماں کی جانب سے یہ حیران کن قدم اٹھانے سے قبل اس کا ارادہ تھا کہ وہ سرما ہمارے ہی قصبے میں گزارے گا۔ متحرک گھر کو اس نے پہلے ہی تیار کر لیا تھا۔ تھیٹر کی آرائش وزیبائش کا کام لینے کے لیے اس کے پاس لکڑی کے کام کا کافی تجربہ تھا جو آمدِ بہار تک اسے مصروف رکھ سکتا تھا۔

کیرو کو اسکول نہیں بدلنا پڑا، بس بجری کی کان کے ساتھ ہی دوڑتی سڑک کے آخری کنارے سے اسے اٹھا لیتی۔ اسے دیہی علاقے کے بچوں کو دوست بنانا پڑ گیا اور شاید قصبے ان بچوں کے سامنے کچھ وضاحتیں بھی پیش کرنا پڑیں، جو ایک سال پہلے تک اس کے دوست تھے۔ لیکن اگر اسے کوئی مشکل تھی بھی تو اس نے کبھی اظہار نہ کیا۔

بلنزی سڑک کے کنارے ہمیشہ اس کی آمد کا منتظر رہتا۔ میں، کے جی اسکول نہیں جا سکی۔ کیوں کہ میری ماں کے پاس گاڑی نہیں تھی لیکن مجھے دوسرے بچوں کا ساتھ نہ ملنے کی شکایت بھی نہیں تھی، کیوں کہ جب کیرو سکول سے لوٹتی تو یہ میرے بہلنے کے لیے کافی ہوتا۔ اور میری ماں بھی اکثر شرارت کے لیے تیار رہنے والی خاتون تھی۔ اس بار جب برف باری ہوئی تو میں نے اور ماں نے برف کا آدمی بنایا۔ پھر ماں نے جب پوچھا کہ ہم اسے نیل کہہ سکتے ہیں تو میں نے کہا، کیوں نہیں۔ ہم نے اسے مضحکہ خیز بنانے کے لیے اس پر طرح طرح کی چیزیں تھوپ دیں۔

پھر ہم نے منصوبہ بنایا کہ جب نیل گھر لوٹے گا تو میں دوڑتی ہوئی گھر سے باہر جاؤں گی اور اس پُتلے کی جانب اشارہ کرتے ہوئے زور زور سے چلاؤں گی کہ ''نیل یہاں ہے، نیل یہاں ہے۔'' اور پھر میں نے ایسا ہی کیا۔ وہ پاگلوں کی طرح گاڑی سے باہر آیا اور مجھ پر چلا کر کہنے لگا کہ گاڑی کے نیچے کچل بھی سکتا تھا۔

یہ ایسے معدودے چند لمحات میں سے ایک تھا کہ مجھے اس میں باپ کی جھلک نظر آئی۔ سردیوں کے وہ مختصر دن میرے لیے بہت عجیب تھے۔ قصبے میں روشنیاں دھندلکا پڑتے ہی ٹمٹمانے لگتیں، لیکن بچے تبدیلیوں کے عادی ہو جاتے ہیں۔ بعض اوقات میں اپنے پرانے گھر کے بارے سوچ کر حیران ہو جاتی۔ اس لیے نہیں کہ میں پھر سے وہاں جانا چاہتی تھی بلکہ اس لیے کہ وہ اچانک کہاں کھو گیا تھا۔ میری ماں اور نیل کے خوشگوار لمحات رات کو آغاز ہوتے۔ اگر میں رات کو جاگ پڑتی اور مجھے طہارت خانے کی طلب ہوتی تو مجھے ماں کو آواز دینا پڑتی۔ وہ خوشی خوشی آ تو جاتی لیکن تاخیر سے۔ انتہائی مختصر لباس میں یا بدن پر دوپٹہ اوڑھے ہوئے ایک خاص قسم کی بو کے ساتھ جسے میں موم بتی کی روشنی، موسیقی اور محبت سے وابستہ کرتی۔

کچھ ایسا ہو چکا تھا جو میرے لیے حوصلہ افزا تو نہ تھا لیکن اس وقت میں نے اسے زیادہ سمجھنے کی کوشش نہ کی۔ ہمارا کتا بلنزی زیادہ بڑا نہیں تھا لیکن کچھ ایسا چھوٹا بھی نہ تھا کہ کیرو کے کوٹ میں سما سکے۔ معلوم نہیں کہ کیرو ایسا کیسے کر لیتی تھی۔ ایک بار نہیں بلکہ دو بار۔ اس نے دو بار اسکول کی بس میں کیرو کو اپنے کوٹ میں چھپایا اور اسکول جانے کی بجائے سیدھا ہمارے پرانے گھر چلی گئی جو ایک بلاک سے بھی کم فاصلے کی دوری پر تھا۔ میرا باپ جب دن کے کھانے کے لیے گھر آیا تو اس نے بلنزی کو برآمدے میں پایا، جو مقفل نہیں کیا گیا تھا۔ یہ سب اس کے لیے بہت حیران کن تھا، بالکل ایک کہانی کے اس کتے کی طرح جو گھر واپسی کی راہ ڈھونڈ نکالتا ہے۔ کیرو نے گھر لوٹنے پر ایک ہنگامہ کھڑا کر دیا۔ اس نے دعویٰ کیا کہ اس نے صبح سے کتے کو نہیں دیکھا لیکن اس کے بعد اس نے شاید ایک ہفتہ بعد دوبارہ وہی غلطی دہرانے کی کوشش کی۔ اسکول بس میں اس بار بھی کسی کو اس پر شک نہ گزرا لیکن ماں نے اسے پکڑ لیا۔ مجھے یاد نہیں پڑتا کہ میرا باپ بلنزی کو واپس چھوڑ گیا تھا۔ میں نے اس کے ہمارے گھر آنے، اور دروازے یا سڑک پر کھڑے رہنے کا تصور بھی نہیں کر سکتی۔ شاید نیل خود جا کر اسے واپس لایا ہو۔ اگر میں یہ کہوں کہ کیرو خوش نہ تھی اور ہر وقت منصوبہ بندی میں لگی رہتی تھی تو یہ درست نہ ہوگا۔

جیسا کہ میں بتا چکی ہوں کہ وہ رات کے وقت بستر میں میرے ساتھ بات چیت کی کوشش کرتی۔

ناراض ہونا اس کی فطرت میں تھا اور نہ ہی وہ مسلسل شکایت کی عادی تھی۔ وہ دوسروں پر اچھا تاثر چھوڑنے کے لیے بے تاب رہتی۔ اسے اچھا لگتا تھا کہ وہ دوسروں کو بھلی لگے۔ وہ کسی خوشی کے وعدے پر بھی کمرے میں ہلہ گلہ پیدا کرنا پسند کرتی تھی۔ جہاں تک مجھے یاد ہے، کتے والے واقعے پر گھر میں کچھ مسئلہ کھڑا ہوا تھا۔ میرا خیال ہے کچھ باتیں میں یاد کرسکتی ہوں۔ اس نے کہا تھا کہ اس نے ایسا شوخی میں کیا تھا جس پر میری ماں نے اسے کچھ بھی نہ پوچھا۔ اس نے جو بھی کیا میرے لیے حیران کن نہ تھا۔ شاید چھوٹے بچے ایسا ہی کرتے ہیں۔ حیران کن قوت کے حامل ان بڑے بچوں کے برعکس جو عام بچوں کے معاملے میں غیر معمولی نظر آتے ہیں۔ ہماری ڈاک سڑک کے ساتھ ہی ڈاک کے ڈبے میں آتی تھی۔ سخت موسم کے علاوہ میں اور ماں ہر روز وہاں چہل قدمی اور ڈاک کا پتہ کرنے جاتیں۔ ایسا زیادہ تر ہم قیلولہ کے بعد ہی کرتے۔ صبح کے وقت ہم ٹی وی دیکھتے یا وہ مطالعے میں مگن رہتی۔ اس نے ایک مدت تک مطالعے کی عادت ترک نہ کی تھی۔ دن کے کھانے کے لیے ہم تیار شدہ یخنی گرم کرتے، پھر قیلولے کے لیے چلی جاتی اور وہ مزید مطالعے میں مصروف رہتی۔

بچہ اب بڑا ہو چکا تھا اور جہاں تک میں محسوس کرسکتی تھی۔ اس نے اب حرکت بھی شروع کردی تھی۔ جنس کے تعین سے قطع نظر اس کا نام برینڈی تجویز کیا گیا تھا۔ ایک روز جب ہم ڈاک کا پتہ کرنے جارہے تھے اور پوسٹ بکس سے زیادہ دور نہ تھے تو میری ماں اچانک رُکی اور دم سادھتے ہوئے مجھے خاموش رہنے کا کہا۔ حالاں کہ میں پہلے سے خاموش تھی اور اپنے جوتوں سے برف کے ساتھ کھیل بھی نہیں رہی تھی۔ ''میں خاموش ہوں۔'' میں نے کہا۔

''شش۔۔۔ مڑ جاؤ۔'' اس نے مجھے حکم دیا۔ میں نے اسے بتایا کہ ابھی ہم نے ڈاک نہیں لی۔ لیکن اس نے کہا کہ کوئی بات نہیں بس تم چلتی جاؤ۔ پھر میں نے محسوس کیا کہ بلٹزی جو ہمیشہ آگے پیچھے ہمارے ساتھ رہتا تھا، کہیں موجود نہ تھا۔ جب کہ سڑک کے پار ایک اور کتا پوسٹ بکس سے کچھ ہی فاصلے پر کھڑا تھا۔

میری ماں نے گھر پہنچتے ہی تھیٹر فون کیا اور پھر بلٹزی کو اندر آنے دیا جو ہمارا منتظر تھا۔ تھیٹر سے کوئی جواب نہ ملا تو ماں نے اسکول کا نمبر ملایا اور ڈرائیور کے لیے پیغام چھوڑا کہ وہ بلٹزی کو گھر کے دروازے پر چھوڑ دے لیکن بتایا گیا کہ ڈرائیور ایسا نہیں کرسکتا، کیوں کہ نیل نے رستے کی کھدائی کی تھی اور اسکے بعد وہاں برف پڑ چکی تھی۔ البتہ انھوں نے وعدہ کیا کہ ڈرائیور گھر پہنچنے تک کیرو پر نظر رکھے گا۔ اب تک اس علاقے میں کوئی بھیڑیا نہیں دیکھا گیا تھا۔ نیل کا موقف تھا کہ وہاں کوئی بھیڑیا تھا ہی نہیں۔ اور اگر تھا بھی تو وہ ہمارے لیے کوئی خطرہ نہیں تھا کیوں کہ 'ہائبرنیشن' (سخت موسم سے بچاؤ کے لیے جانوروں کا زیر زمین جانے کا عمل) نے اسے کمزور کردیا ہوگا۔ کیرو نے لقمہ دیتے ہوئے کہا کہ ہم نے اسکول میں پڑھا ہے، بھیڑیے ایسا نہیں کرتے۔ ہماری ماں چاہتی تھی کہ نیل کوئی بندوق خرید لے۔ ''تمھارا خیال ہے کہ میں اب ایک بندوق لوں اور اس غریب مادہ کو گولی ماردوں جو شاید جھاڑیوں میں بچوں کا ایک غول چھوڑ کر ان کی حفاظت کو باہر نکل آئی ہوگی۔ بالکل ایسے ہی جیسے تم اپنے بچوں کو بچانے کی کوشش میں ہو۔'' نیل نے آہستگی سے کہا۔

''غول نہیں صرف دو۔ مادہ بھیڑیا ایک وقت میں صرف دو ہی بچے دیتی ہے۔'' کیرو نے اسے ٹوکا۔

''ٹھیک ہے ٹھیک ہے، میں تمھاری ماں سے بات کر رہا ہوں۔'' نیل بولا۔

''کیا تم جانتے ہو اس کے پلے بھوکے ہوں گے یا نہیں؟'' میری ماں اس پر چیخی۔

میں نے کبھی سوچا بھی نہ تھا کہ ماں نیل کے ساتھ اس لہجے میں بات کرے گی۔

''اچھا صبر۔ ذرا سکون سے سوچو بندوق ایک خوفناک شے ہے۔ اگر میں بندوق لینے جاؤں تو کیا کہوں گا؟ یہی کہ جو ویت نام میں ہوا ٹھیک تھا اور مجھے بھی ویت نام چلے جانا چاہیے؟'' نیل نے جواب دیا۔

''تم امریکن نہیں ہو۔ مجھے غصہ مت دلاؤ۔'' میری ماں جذباتی ہوگئی۔ ان کے درمیان کم و بیش اسی قسم کی مکالمہ بازی ہوئی جو اس نتیجہ پر ختم ہوئی کہ نیل بندوق نہیں خریدے گا۔ اس کے بعد ہم نے کبھی بھیڑیے کو نہیں دیکھا۔ اگر وہ واقعی بھیڑیا ہوتا تو میرا خیال ہے کہ ماں ڈاک کے لیے جانا ترک کر دیتی لیکن شاید وہ اتنی بہادر ہوگئی تھی کہ آسانی کے ساتھ یہ سب کر بھی لیتی۔ برف اب جادوئی طور پر کم ہوگئی تھی۔ درخت اب بھی برہنہ تھے اور ماں صبح کے اوقات میں اب بھی کیرو کو کوٹ پہنانا نہ بھولتی جسے اسکول کے بعد وہ کمر پر لادے گھر پہنچتی۔

میری ماں کا خیال تھا کہ بچہ ایک نہیں بلکہ دو تھے لیکن ڈاکٹر اس سے متفق نہ تھا۔

''بہت خوب۔ بہت خوب۔ ڈاکٹر کیا کہتے ہیں؟'' نیل نے جڑواں بچوں کا سن کر خوشی سے کہا۔

بجری کی کان اب بارش اور برف کے پگھلنے سے مکمل طور پر بھر چکی تھی، لہٰذا کیرو کو اس کے کناروں سے ہوتے ہوئے اسکول بس کی جانب جانا پڑتا تھا۔ کان کھلے آسمان تلے ایک چھوٹی اور شفاف جھیل کی شکل اختیار کر چکی تھی۔ ایک بار کیرو نے زیادہ پُر امید ہوئے بغیر پوچھا تو ماں نے کہا کہ پاگل مت بنو یہ کم سے کم بیس فٹ گہری ہے۔ نیل کا اندازہ تھا کہ یہ بیس فٹ سے بھی زیادہ گہری ہے۔ لیکن یہ کناروں سے تو گہری نہیں ہوگی۔ کیرو بضد رہی۔ ضد چھوڑ دو، یہ کوئی ساحل نہیں ہے کہ تم اس میں تفریح کرو۔ میں کہتی ہوں تم اس سے دور ہی ہو۔ ماں غصے ہوگئی۔ کیا مصیبت ہے۔ ماں کی آواز نیل سے بھی زیادہ بلند ہوگئی۔

''کیا ہم کتے کو بھی اس سے دور رکھیں؟'' کیرو نے معصومیت سے پوچھا۔

''نہیں کوئی مسئلہ نہیں، کتے تیر سکتے ہیں۔'' نیل بولا۔

ہفتہ کو کیرو نے میرے ساتھ فلم 'دوست دیؤ' دیکھی اور پھر کچھ ایسا تبصرہ کیا کہ فلم کا سارا مزہ ہی غارت ہوگیا۔ نیل میرے اور ماں کے بستر کے درمیان پڑے صوفے پر دراز اپنے پسندیدہ سگریٹ کا کش لے رہا تھا، کام کے دوران میں اسے سگریٹ نوشی کی ممانعت تھی، لہٰذا وہ ساری کسر چھٹی کے دن نکال لیتا۔ کیرو بعض اوقات اسے تنگ کرنے کے لیے سگریٹ کا تقاضا کرتی۔ ایک بار تو نیل نے اسے اس شرط پر سگریٹ دے بھی دیا کہ وہ ماں کو نہیں بتائے گی۔ لیکن میں بھی وہاں موجود تھی لہٰذا میں نے ماں کو بتا دیا۔

''آئندہ ایسا کبھی نہ ہو۔ ان کا باپ بغیر کسی جھجک کے انھیں یہاں سے لے جا سکتا ہے۔'' ماں نے نیل سے کہا۔

''نہیں دوبارہ کبھی نہیں۔لیکن کیا ہوگا اگر اس نے انھیں کھانے میں زہر دے دیا؟'' نیل نے اتفاق کرتے ہوئے جواب دیا۔شروع شروع میں تو ہم باپ سے کبھی نہ ملے۔لیکن پھر نہ ملے لیکن پھر کرسمس کے بعد ہر ہفتے کو ملاقات کا منصوبہ ترتیب پایا۔ہم جب بھی باپ سے مل کر لوٹتے تو ماں پوچھتی کہ کیا ہم لطف اندوز ہوئے۔ میں ہمیشہ ہاں جواب دیتی۔اور ایسا تھا بھی۔کیوں کہ اگر فلم دیکھنے گئے ہوں، جھیل کی سیر کی ہو، یا کسی ہوٹل میں اپنا پسندیدہ کھانا کھایا ہو تو اس کا مطلب یہ ہے کہ آپ لطف اندوز ہوئے ہیں۔کیرو بھی میری ماں کی ہاں میں ہاں ملاتی لیکن کچھ ایسے لہجے میں جیسے میری ماں کا ان سب باتوں سے کوئی لینا دینا نہ ہو۔ پھر میرا باپ سرما کی چھٹیاں گزارنے کیوبا چلا گیا۔(جس پر میری ماں نے حیرانی اور شاید منظوری کا تاثر دیتے ہوئے تبصرہ کیا تھا۔)

جب وہ کیوبا سے لوٹا ضدی نزلہ بھی اس کے ساتھ تھا جس کے باعث ہماری ملاقاتیں کم ہوگئیں۔اسے موسم بہار کیوبا میں ہی گزارنا تھا لیکن ایسا ممکن نہ ہوسکا۔

ٹی وی بند ہوا تو ماں نے ہمیں تازہ ہوا لینے کے لیے باہر بھیج دیا۔ہم کتے کو بھی ساتھ ہی لے آئے تھے۔باہر آتے ہی ہم نے سب سے پہلے اپنے دوپٹے ڈھیلے کیے اور ان سے جان چھڑائی جنھیں ماں نے ہماری گردنوں کے گرد لپیٹ رکھا تھا۔

میں اس سے آگاہ تھی کیوں کہ یہ ایک حقیقت تھی۔تاہم مجھے یہ معلوم نہیں تھا کہ میں کیا سوچ رہی ہوں اور کیا کرنے جا رہی ہوں۔شاید میں کیرو اور کتے کے ڈرامے میں کسی اگلی پیش رفت کی منتظر تھی۔اس وقت زیادہ سردی نہ تھی اور شاید میں پانچ منٹ بھی وہاں نہ بیٹھ سکی۔ایک بار میں ایک ماہر سے ملنے گئی تاکہ اس واقعے پر اس سے بات کرسکوں۔کچھ وقت کے لیے اس نے مجھے قائل کرلیا تھا کہ اگر میں دروازے پر دستک دیتی بھی تو وہ مجھے بند ملتا کیوں کہ اس وقت نیل اور میری ماں دروازے کے پیچھے رکاوٹیں ٹیکے اختلاط میں مصروف ہوتے اور میرے یوں آدھمکنے کا برا مناتے۔کاؤنسلر مجھے اس نتیجے پر لاکر مطمئن تھی اور شاید میں بھی لیکن یہ اطمینان زیادہ عرصہ نہ رہ سکا۔میرا خیال ہے انھوں نے دروازہ مقفل نہیں کیا ہوگا کیوں کہ ایک بار کیرو ایسے ہی کمرے میں داخل ہوگئی تھی اور وہ دنوں اس کا چہرہ دیکھ کر ہنس پڑے تھے۔

شاید نیل نے کہا تھا کہ کتے نہیں ڈوبتے جس کا مطلب یہ تھا کہ کیرو کی جانب سے بلٹزی کو بچانے کی کوشش غیر ضروری تھی۔شاید اسی لیے وہ اپنا کھیل مکمل نہ کرسکی۔کیا میرا یہ خیال تھا کہ وہ نو برس کے دوسرے بہت سے بچوں کی طرح تیر سکتی ہے۔پچھلے موسم گرما میں اس نے تیراکی پر کچھ سبق لیے تھے لیکن اس کے بعد ہمیں اس متحرک گھر میں منتقل ہونا پڑا جس کے باعث وہ تربیت جاری نہ رکھ سکی۔شاید اس نے سوچا ہو کہ وہ یہ سب اچھی طرح سے کرلے گی اور شاید میرا یہ خیال ہوا ہو کہ وہ جو چاہتی ہے، کرسکتی ہے۔ماہر نفسیات نے مجھے یہ ہرگز نہیں کہا تھا کہ مجھے کیرو کے احکام بجالانے کی بیماری ہے۔یہ تو اپنا خیال تھا۔تاہم اس عمر میں یہ بات کوئی بھلی معلوم نہیں ہوتی تھی کیوں کہ میں عمر میں اس سے بڑی تھی۔ان دنوں بھی مجھے یہ امید رہتی کہ وہ اپنی خلا ضرور پُر کرے گی۔

میں وہاں کتنی دیر تک بیٹھی رہی؟ شاید بہت زیادہ نہیں۔اور یہ ممکن ہے کہ میں نے دروازے پر دستک

دی ہو۔ کچھ دیر یا ایک منٹ بعد کسی بھی طرح میری ماں نے دروازہ کھولا۔ ایک موقع پر بغیر کسی وجہ کے اس کا ماتھا ٹھنکا۔ اگلے ہی لمحے، میں کمرے کے اندر تھی۔ پھر میری ماں نیل پر چیخ رہی تھی اور اسے کچھ سمجھانے کی کوشش کر رہی تھی۔ وہ اس کے سامنے کھڑا اس سے مخاطب تھا۔ وہ اس کے پاؤں پڑ رہا تھا، اسے پرے دھکیلا اور دروازے سے باہر بھاگ کھڑی ہوئی۔ نیل نے اپنا سر جھٹکا اور پھر گردن جھکا لی اور پھر گردن جھکا کر اپنے ننگے پیروں اور بے بس لمبے انگوٹھوں کی جانب دیکھنے لگا۔ شاید اس نے مجھے رندھی ہوئی آواز میں کچھ کہا بھی۔ اس سے آگے مجھے کچھ معلوم نہیں۔

میری ماں پانی میں نہیں کودی۔ اس صدمے نے اسے ہسپتال بھی نہیں پہنچایا۔ کیرو کی تدفین کے ہفتہ یا دس دن تک بھی میرے بھائی برینٹ کی پیدائش نہیں ہوئی تھی تاہم اب وہ پورے دنوں کا بچہ تھا۔ مجھے معلوم نہیں کہ بچے کی پیدائش کے انتظار میں وہ کہاں رہی۔ شاید اسے ہسپتال میں رکھا گیا ہوتا کہ ان حالات میں وہ زیادہ سے زیادہ پُرسکون رہ سکے۔ مجھے کیرو کی تدفین کا دن اچھی طرح یاد ہے۔ جوزی نام کی ایک خوش وضع اور خوش طبع خاتون نے مجھے سیر و تفریح کے لیے لے گئی جسے میں نہیں جانتی تھی۔ ہم نے جھولے لیے، اور گڑیا کا ایک بڑا سا گھر دیکھا۔ جس میں، میں با آسانی داخل بھی ہو سکتی تھی۔ دن کے کھانے میں، میں نے اپنا پسندیدہ کھانا کھایا لیکن اتنا کہ میں بیمار نہ پڑ جاؤں۔ بعد میں، میں جوزی کو بہت اچھی طرح جان گئی۔ یہ میرے باپ کی دوست تھی، جو اسے کیوبا میں ملی اور میری ماں سے طلاق کے بعد وہ میری سوتیلی ماں بن گئی، میرے باپ کی دوسری بیوی۔

میری ماں صحت یاب ہو گئی۔ اسے ہونا بھی تھا کیوں کہ اسے برینٹ اور زیادہ تر میرا خیال جو رکھنا تھا۔ میں اپنے باپ اور جوزی کے ساتھ رہنے لگی جب کہ میری ماں اس گھر میں منتقل ہو گئی جہاں اس نے ملازمت سے فراغت کے بعد باقی عمر رہائش کرنے کا منصوبہ بنایا تھا۔ مجھے نہیں لگتا کہ میں اس وقت تک وہاں رہی ہوں جب تک کہ برینٹ اتنا بڑا نہ ہو گیا ہو کہ آسانی سے کرسی پر بیٹھ سکے۔ میری ماں تھیٹر میں دوبارہ اپنی ذمہ داریوں پر جانے لگی تھی۔ شروع میں تو اس نے پہلے کی مانند رضا کار ہی کام کیا ہوگا۔ لیکن جب تک میں نے اسکول جانا شروع کیا، وہ تنخواہ اور باقاعدہ ذمہ داریوں کے ساتھ بطور کاروباری منتظم پکی نوکری حاصل کر چکی تھی اور تھیٹر کئی نشیب و فراز کے ساتھ اب بھی چل رہا تھا۔ نیل نے کیرو کے جنازے میں شرکت نہیں کی کیوں کہ وہ ان باتوں پر یقین نہیں رکھتا تھا۔ اس نے برینٹ کو کبھی نہیں دیکھا۔ اس نے ایک خط میں لکھا کہ اسے برینٹ کی پیدائش کا بہت دیر سے علم ہوا، وہ باپ کی اداکاری کرنے کا خواہش مند نہیں، لہٰذا بہتر یہ ہے کہ وہ آغاز میں یہ اس ذمہ داری سے سبکدوش ہو جائے۔

میں نے برینٹ کے معاملے میں کبھی اس کا ذکر نہ کیا۔ میرا خیال تھا کہ یہ میری ماں کے لیے تکلیف دہ ہے۔ اس لیے بھی کہ برینٹ نیل کے ساتھ معمولی مشابہت رکھتا تھا، جب کہ اس کی شباہت زیادہ میرے باپ سے ملتی تھی جو میرے لیے حیران کن تھا اور میں سوچتی کہ ان خاص دنوں میں کیا ہوتا رہا جب میری ماں امید سے ہوئی تھی۔ میرے باپ نے اس بارے میں کبھی کچھ کہا اور نہ کہے گا۔ وہ برینٹ کے ساتھ ویسے ہی پیش آتا ہے جیسے میرے ساتھ اور وہ تھا ہی اس قبیل کا آدمی۔ اس کے اور جوزی کے اپنے بچے نہیں تھے اور میرا نہیں خیال کہ

انھیں اس کا کوئی قلق بھی تھا۔ جوزی وہ واحد خاتون ہے جو ہمیشہ کیرو کو یاد کرتی ہے۔ اس کا خیال ہے کہ میرا باپ میری ماں کی ذمہ داری نبھانے میں ناکام رہا۔ اس کا یہ بھی خیال ہے کہ جب میری ماں زندگی میں کچھ مزید راحت کی متلاشی تھی تو اسے اس کو کچھ اور آسانی فراہم کرنا چاہیے تھی۔ میرے باپ کو ایک صدمے کی ضرورت تھی جو اسے مل گیا اور اب اس پر ہاتھ ملنے کا کوئی فائدہ نہ تھا کیوں کہ اس صدمے کے بغیر وہ کبھی جوزی کو نہ پاسکتا اور وہ دونوں اتنے خوش نہ ہوتے۔ لیکن کون دو؟ میں اسے جز بز کرنے کے لیے پوچھ سکتی ہوں اور وہ پوری وفاداری اور اطمینان سے کہے گا، جوزی یقیناً جوزی۔

میری ماں کو ان دنوں کی یاد دلانا بہت مشکل تھا اور میں یہ چاہتی بھی نہیں تھی۔ میں جانتی تھی کہ وہ اسی گلی میں منتقل ہوگئی تھی جہاں ہم رہتے تھے۔ گلی جو اس کے لیے نئی تھی اور جہاں بنجر زمینوں پر عام نظر آنے والے روایتی گھر تعمیر کیے گئے تھے۔ اس بات کا تذکرہ اس نے قدرے حقارت سے کیا تھا جو ان گھروں نے اس کے اندر ابھاری تھی۔ میں گلی میں جاتی لیکن کسی کو خبر نہ ہونے دیتی۔ آج کل خاندانوں میں ہونے والی رسہ کشی مجھے ایک کوتاہی کی طرح لگتی ہے۔

جس جگہ بجری نکالنے کا گڑھا تھا، وہاں آج کل زمین ہموار کرکے ایک گھر کھڑا کر دیا گیا ہے۔

میری ایک روتھن نامی دوست ہے۔ جو مجھ سے عمر میں چھوٹی لیکن ذہانت میں بڑی ہے۔ یا کم از کم میرے توہمات کو بھگانے کے حوالے سے مجھ سے زیادہ پُرامید ہے۔ میں نیل سے کبھی رابطے میں نہ رہتی اگر روتھن کا اصرار نہ ہوتا۔ یقیناً ایک مدت تک اس بات کا کوئی امکان نہ تھا۔ بالکل ایسے ہی جیسے میرے ذہن میں نیل سے ملاقات کا کبھی کوئی خیال نہ آیا۔ آخر کار نیل نے خود ہی الومنی رسالے میں چھپی میری تصویر دیکھنے کے بعد مجھے ایک طویل مبارکبادی خط لکھا۔ مجھے نہیں معلوم کہ وہ اس رسالے میں کیا ڈھونڈ رہا تھا۔ مجھے ان تعلیمی اعزازات میں سے کسی ایک سے نوازا گیا تھا جو کسی بھی محدود علاقے میں یا کہیں اور کچھ معنی رکھتے ہیں۔ جہاں میں پڑھاتی تھی نیل وہاں سے بمشکل بچاس میل کی مسافت پر رہتا تھا اور یہ وہی علاقہ تھا جہاں میرا کالج ہوا کرتا تھا۔ میں حیران تھی کہ وہ اس وقت مجھ سے اتنا قریب رہائش پذیر تھا۔ کیا وہ ایک دانشور بن چکا تھا؟

اول اول نیل کو جواب دینے کا کوئی ارادہ نہیں تھا۔ لیکن جب میں نے روتھن کو اس کے متعلق بتایا تو اس نے مجھے اس بارے میں سوچنے کا کہا۔ نتیجتاً میں نے اسے ایک برقی خط لکھا اور معاملات طے پاگئے۔ مجھے نیل سے اس کے قصبے میں واقع ایک ریستوران میں ملنا تھا جو ملاقات کے لیے ایک محفوظ جگہ تھی۔ ''اگر وہ ناقابل برداشت دکھائی دیا تو میں کیا کروں گی؟ مجھے بس اس سوال سے گزر جانا ہے۔'' میں نے خود سے سرگوشی کی۔

اس کا قد پہلے کی نسبت پست ہوگیا تھا جیسا کہ بچپن سے ہم بوڑھوں کے ساتھ ایسا ہوتا دیکھتے آئے تھے۔ اس کے بال گھنے اور آراستہ تھے۔ وہ میرے اور اپنے لیے چائے لے آیا۔ اس کی گزر بسر کیسے ہوتی تھی؟ اس نے بتایا کہ وہ بچوں کو امتحانات کی تیاری میں مدد دیتا ہے اور مضامین لکھنے میں ان کی مدد کرتا ہے یا آپ یوں کہہ سکتے ہیں کہ وہ ان کے لیے اجرت پر مضامین لکھتا ہے۔

"میں تمھیں بتا دوں کہ ایسے کوئی امیر نہیں ہوسکتا۔" اس نے کہا۔ وہ ایک پسماندہ یا کسی حد تک کم پسماندہ علاقے میں رہائش پذیر تھا، لیکن یہ اسے پسند تھا۔ وہ کپڑوں کی خریداری کے لیے سیلی این کا رخ کرتا۔ یہ بھی ٹھیک تھا۔

"یہ میرے اصولوں کے مطابق ہے۔"

میں نے ان باتوں پر اس کی کوئی حوصلہ افزائی نہ کی لیکن مجھے شک ہے کہ درحقیقت اسے مجھ سے اس بات کی توقع تھی۔ "بہر حال، مجھے نہیں لگتا کہ میرا طرز زندگی اتنا دلچسپ ہے۔ میرا خیال ہے تم جاننا چاہتی ہو کہ یہ سب کیسے ہوا؟"

مجھے سمجھ نہیں آ رہا تھا کہ میں کیا کہوں۔

"اس لمحے میں پتھر ہو گیا تھا اور مزید یہ کہ میں ایک تیراک بھی نہیں تھا، جہاں میں پلا بڑھا وہاں کوئی زیادہ سوئمنگ پولز بھی نہیں تھے، کیا تم یہ جاننا چاہتی ہو کہ میں بھی ڈوب مرتا؟"

میں نے اسے بتایا کہ درحقیقت میں اس پر حیران نہیں تھی۔ پھر وہ تیسرا شخص تھا جس سے میں نے پوچھا کہ اس کے خیال میں کیرو کے دماغ میں کیا چل رہا تھا۔ کاؤنسلر نے کہا تھا کہ ہم نہیں جان سکتے تھے کہ کیرو کیا چاہتی تھی۔ "بالکل ایسے ہی جیسے اسے خود معلوم نہ تھا کہ وہ کیا چاہتی تھی۔ شاید توجہ؟۔ اس پریشانی پر جس میں وہ مبتلا تھی؟۔ مجھے نہیں لگتا کہ اس کا ڈوبنے کا ارادہ تھا۔"

روتھن کا خیال تھا کہ اس نے ایسا اس لیے کیا کہ ہماری ماں جو چاہے کر سکے۔ وہ بدل جائے اور ہمارے باپ کی طرف رجوع کر لے۔

نیل نے مجھ سے کہا، "کوئی بات نہیں۔ شاید اس نے سوچا ہو کہ وہ پہلے سے بہتر پاؤں چلا سکتی ہے۔ شاید اسے معلوم نہ ہوا ہو کہ سردیوں کے کپڑے گیلے ہونے کے بعد کتنے وزنی ہو سکتے ہیں، یا یہ کہ وہاں کوئی بھی ایسا نہ تھا، جو اس کی مدد کر سکے۔ اپنا وقت ضائع مت کرو۔ تم یہ کیوں نہیں سوچتی کہ اگر تم جلدی کا مظاہرہ کر لیتی اور اس کے متعلق بتا بھی دیتی تو کیا ہو جاتا؟ کیا تم خود کو قصوروار ثابت کرنے کی کوشش نہیں کر رہی؟"

میں نے اسے کہا کہ میں اس کی بات سمجھ گئی ہوں۔ لیکن ایسا نہیں تھا۔

اس نے کہا، "بات خوش رہنے کی ہے، کچھ بھی ہو، بس اس کی کوشش کرو تم ایسا کر سکتی ہو اور یہ آسان ہوتا جائے گا۔ اس کا حالات کے ساتھ کوئی تعلق نہیں ہے۔ تم یقین نہیں کرو گی کہ یہ سب کتنا عمدہ ہے۔ جو ہے اسے قبول کرو۔ دکھ مٹ جائے گا یا پھر لو دینے لگے گا۔ اور اب تم اس مقام پر ہو کہ وہ آسانی میں تمھارا ہم سفر ہے۔"

"اچھا خدا حافظ۔"

میں نے دیکھا کہ جو اس نے کہا وہ ٹھیک تھا۔ یہی وہ درست راستہ تھا جسے اپنانا چاہیے تھا لیکن میرے خیالوں میں کیرو اب تک بھاگ رہی ہے اور خود کو پانی کے حوالے کر رہی ہے اور میں اب تک وہیں جکڑی ہوئی ہوں۔ منتظر کہ وہ کچھ کہے، منتظر کہ کوئی چھینٹا اڑے۔

مریخ کا باشندہ

مارگریٹ ایٹ ووڈ (کینیڈا)

ترجمہ: عبدالحسیب

مارگریٹ ایٹ ووڈ (پ: ۱۸ نومبر ۱۹۳۹ء) کینیڈا کی شاعرہ، ناول نگار، افسانہ نویس، نقاد اور ٹیچر ہیں۔ اب تک ان کے ۱۸ شعری مجموعے، ۱۸ ناول، نان فکشن پر ۱۱ کتابیں اور افسانوں کے ۹ مجموعے شائع ہو چکے ہیں۔ وہ دو بار مین بوکر پرائز حاصل کر چکی ہیں۔

زیر نظر کہانی کے مترجم ڈاکٹر عبدالحسیب صاحب انگریزی زبان میں شاعری کے علاوہ کہانیاں بھی لکھتے ہیں۔ آپ نے لکھنؤ یونیورسٹی سے امتیازی نمبرات میں ماسٹرز مکمل کیا۔ پھر اسی یونیورسٹی سے انگریزی ادب میں پی ایچ ڈی کرتے ہوئے 'نائن الیون' کے حملے پر لکھے جانے والے انگریزی ادب پر اپنی تھیسس لکھی۔ اس وقت بی۔ آر۔ ڈی۔ بی۔ ڈی۔ پی جی کالج، اتر پردیش میں بحیثیت اسسٹنٹ پروفیسر تدریسی خدمات انجام دے رہے ہیں۔

کرسٹین بہت دیر سے پارک میں ٹہل رہی تھی۔ وہ ابھی تک ٹینس کھیلنے والی پوشاک میں ہی تھی کیوں کہ اسے نہا کر کپڑے بدلنے کا وقت نہیں ملا تھا۔ اس نے اپنے بال ایک ربن میں باندھ کر پیچھے کی طرف چھوڑ دیے تھا۔ اس کا ابھرا ہوا سرخ کسی نرم گوشے سے عاری چہرہ کسی روسی کاشتکار کے چہرے کی طرح لگ رہا تھا۔ یہ دوپہر اپریل کی دوپہر کی بہ نسبت کہیں زیادہ گرم تھی، داخلی ٹینس کورٹ گرمی سے تپ رہا تھا اور اس کا بدن پسینے سے تر ہو چکا تھا۔

گرمی عمر رسیدہ لوگوں کو ان کے موسم سرما کے بند مقامات سے باہر لے آئی تھی۔ کرسٹین نے حال ہی میں ایک ایسے شخص کی داستان پڑھی تھی جس نے تین سال ایک گٹر نما مین ہول میں گزار دیے تھے۔ بوڑھے لوگ

پارک میں کرسیوں پر گھاس کے ڈھیر کی طرح پڑے ہوئے تھے یا پرانے اخبارات کو تکیہ بنا کر گھاس پر لیٹے ہوئے تھے۔ جب بھی وہ ان میں سے کسی کے پاس سے گزرتی، ان کی نگاہیں اس کے جسم کا تعاقب کرتیں اور پھر کچھ دیر بعد ان کے جھری دار چہروں پر لوٹ جاتیں۔

شدید گرمی کی وجہ سے گلہریاں بھی اپنے گھونسلوں سے باہر نکل آئی تھیں۔ ان میں سے دو یا تین اس کی طرف تیز قدموں سے بڑھتیں اور پھر رک جاتیں۔ ان کی نگاہیں اس پر امید سے جمی تھیں۔ چوہوں کی مانند ان کے پتلے سے منھ میں زرد دانت دکھائی دے رہے تھے۔

کرسٹین تیزی سے چلنے لگی۔ اس کے پاس ان گلہریوں کو دینے کے لیے کچھ نہیں تھا۔ ''لوگوں کو انہیں کچھ نہیں دینا چاہیے،'' کرسٹین نے سوچا، ''انسانی غذا سے انھیں الرجی ہو جاتی ہے اور پھر یہ خارش زدہ ہو جاتی ہیں۔''

بیچ پارک میں پہنچ کر وہ اپنا کارڈِگن اتارنے کے لیے رکی۔ جب وہ اپنا ٹینس ریکٹ اٹھانے کے لیے جھکی تو اس نے اپنے عریاں بازو پر کسی کا لمس محسوس کیا، ایسے موقع پر کرسٹین کم ہی ہراساں ہوا کرتی تھی۔ وہ اپنے ریکٹ کا ہینڈل مضبوطی سے پکڑ کر سیدھی کھڑی ہوئی۔ وہ کوئی بوڑھا شخص نہیں تھا بلکہ تقریباً بارہ سال کا کالے بالوں والا ایک لڑکا تھا۔

''معذرت چاہتا ہوں۔'' وہ گویا ہوا، ''مجھے شعبۂ معاشیات کی عمارت کی تلاش ہے، کیا یہ وہی ہے؟'' اس نے مغرب کی جانب اشارہ کیا۔

کرسٹین نے اس کی طرف غور سے دیکھا۔ اس کا اندازہ غلط تھا، وہ کم عمر نہیں بلکہ پست قد تھا۔ اس کا قد اس کے کندھے تک ہی پہنچ رہا تھا، تاہم وہ اوسط قد کا مالک تھا۔ ایسے قد والوں کو کرسٹین کی ماں 'مجسمے کی طرح شاندار' کہا کرتی تھی اور اس کے خاندان میں ایسے لوگوں کو 'دوسری تہذیب کا آدمی' کہا جاتا تھا۔ اگرچہ وہ کوئی چینی باشندہ نہیں تھا لیکن بلاشبہ وہ کسی مشرقی ملک کا شہری تھا۔ کرسٹین نے اندازہ لگایا کہ وہ ضرور کوئی غیر ملکی طالب علم ہوگا، وہ اسے دیکھ کر خوش آمدید کہنے کے انداز میں مسکرائی۔ وہ خود اپنے ہائی اسکول کے دنوں میں اسکولی اقوامِ متحدہ کے مصری وفد کی نمائندگی کرنے کے لیے منتخب ہوئی تھی۔ حالاں کہ یہ ایک ناپسندیدہ کام تھا، کیوں کہ کوئی بھی طالب علم کسی عربی شخص کا کردار ادا نہیں کرنا چاہتا تھا لیکن اس نے یہ کر کے دکھایا تھا بلکہ اس نے فلسطینی پناہ گزینوں پر ایک خوبصورت تقریر بھی کی تھی۔

''ہاں،'' کرسٹین نے بتایا۔ ''یہ وہی عمارت ہے جس کی سپاٹ چھت آپ دیکھ رہے ہیں۔''

اس دوران وہ شخص گھبرائے ہوئے انداز میں مسکرا رہا تھا۔ وہ ایک شفاف چشمہ پہنے ہوئے تھا جس کے اندر اس کی باہر نکلی ہوئی آنکھیں نظر آ رہی تھیں۔ اس نے کرسٹین کی انگلی کی سمت کو نہیں دیکھا بلکہ ایک سبز کاغذ کی دفتی اور قلم اس کی طرف بڑھاتے ہوئے کہا: ''اس پر یہاں کا نقشہ کھینچ دیں!''

کرسٹین نے اپنا ٹینس ریکٹ زمین پر رکھا اور احتیاط سے ایک نقشہ کھینچنے لگی، پھر اس سے صاف لہجے

میں گویا ہوئی: ''اس وقت ہم یہاں ہیں۔ آپ اس راستے سے جائیں اور آپ کی عمارت یہاں پر ہے۔'' اس نے نقشے پر X کا نشان بناتے ہوئے سمجھایا۔ آدمی اس کے قریب جھکا ہوا بہت غور سے نقشے کو بنتے دیکھ رہا تھا۔ اس کے بدن سے پکی ہوئی گوبھی اور ایک غیر مانوس تیل کی مہک آ رہی تھی۔ اپنی بات مکمل کر کے کرسٹین اس کو تختی اور قلم واپس کرتے ہوئے گفتگو کو ختم کرنے کے انداز میں مسکرائی۔

''ایک منٹ!'' اس آدمی نے کہا۔ اس نے دفتی سے کاغذ کا ٹکڑا پھاڑا اور اسے تہہ کر کے اپنی جیکٹ کی جیب میں رکھ لیا، اس کی جیکٹ کی آستین سرک کر اس کی ہتھیلی تک آ گئی تھی اور اس سے دھاگے نکل رہے تھے، وہ کچھ لکھ رہا تھا۔ کرسٹین نے اس کے ہاتھ کے ناخنوں کو دیکھا اور اس کو ابکائی آ گئی۔ اس نے اپنے ناخنوں کو اتنی بے دردی سے چبا رکھا تھا کہ وہ تقریباً ختم ہو گئے تھے اور اس کی انگلیاں بہتے قلم سے نیلی ہو گئی تھیں۔ ''یہ رہا میرا نام۔'' اس نے کرسٹین کی جانب پیڈ بڑھاتے ہوئے کہا۔

کرسٹین نے انگریزی کے بڑے حروف میں کئی GY اور N دیکھا جو صفائی سے دفتی پر لکھے ہوئے تھے۔ شکریہ کرسٹین نے کہا۔

''اب آپ اپنا نام لکھیں۔'' اس نے قلم بڑھاتے ہوئے کہا۔

کرسٹین تذبذب کا شکار ہو گئی۔ اگر یہ کوئی اس کے شہر کا شخص ہوتا تو وہ سمجھ جاتی کہ وہ ضرور اس پر ڈورے ڈال رہا ہے لیکن ابھی تک اس کے یہاں کے کسی آدمی نے ایسا نہیں کیا تھا، کیوں کہ وہ بہت لمبی تھی۔ صرف ایک مراکشی بیرے نے اس میں دلچسپی دکھائی تھی جو ایک بیئر پارلر میں کام کرتا تھا جہاں پر وہ اور اس کے ساتھی میٹنگ کے بعد جایا کرتے تھے۔ جب وہ لیڈیز ٹوائلٹ کی طرف جا رہی تھی تو وہ سیدھا اس کے پاس آیا اور اپنے ساتھ چلنے کو کہا تھا جسے کرسٹین نے منع کر دیا تھا۔ پر یہ آدمی کوئی بیرا نہیں تھا بلکہ ایک طالب علم تھا، اس لیے کرسٹین اس کے جذبات کو مجروح نہیں کرنا چاہتی تھی، شاید اس کے ملک میں نام کا لین دین شائستگی کے مظاہرے کا ایک طریقہ تھا۔ کرسٹین نے اس سے قلم لے کر اپنا نام لکھ دیا۔

''بہت دلکش نام ہے۔'' آدمی نے کہا۔ اس نے کاغذ کے ٹکڑے کو تہہ کر کے نقشے کے ساتھ اپنی جیکٹ کی جیب میں رکھ لیا۔

کرسٹین نے سمجھا کہ اس نے اپنا فریضہ ادا کر دیا: ''اچھا الوداع!'' کرسٹین نے کہا، ''آپ سے مل کر اچھا لگا۔'' وہ اپنا ٹینس کا ریکیٹ اٹھانے کے لئے جھکی لیکن اس سے پہلے ہی وہ شخص ریکٹ اٹھا کر اپنے دونوں ہاتھوں میں مضبوطی سے پکڑے ہوئے تھا۔

''اسے مجھے لے چلنے دیں!''

''نہیں نہیں آپ زحمت نہ کریں، میں جلدی میں ہوں۔'' کرسٹین نے صاف صاف لہجے میں کہا۔ وہ ریکٹ کے بغیر اپنے آپ کو بالکل غیر مسلح محسوس کر رہی تھی۔ وہ ریکیٹ کو لے کر چلنے لگا۔ اب وہ گھبرایا ہوا نہیں لگ رہا تھا، اس کا اعتماد واپس آ چکا تھا۔

''کیا آپ فرنچ بولتی ہیں؟'' آدمی نے فرانسیسی زبان میں پوچھا۔

''ہاں تھوڑی بہت، لیکن بہت اچھی طرح نہیں۔'' کرسٹین سوچ رہی تھی کہ بغیر سخت لہجے کا استعمال کیے ہوئے اس سے ریکیٹ کیسے حاصل کیا جائے۔

''لیکن آپ کا لہجہ بہت خوبصورت ہے۔'' چشمے کے پیچھے سے اس کی آنکھیں کرسٹین پر جمی تھیں۔

'کیا وہ عاشقی لڑا رہا ہے؟' کیوں کہ کرسٹین اچھی طرح سے واقف تھی کہ اس کا فرانسیسی لہجہ خوبصورت نہیں ہے۔

کرسٹین نے پہلی بار بے صبری کا مظاہرہ کرتے ہوئے کہا: ''دیکھیے مجھے واقعی جانا ہے، مہربانی کر کے مجھے میرا ریکیٹ واپس کیجیے۔''

وہ تیزی سے چلنے لگا، اس کا ریکیٹ واپس کرنے کا کوئی ارادہ نہیں تھا: ''آپ کہاں جا رہی ہیں؟''

''گھر۔'' کرسٹین نے کہا: ''اپنے گھر۔''

''میں آپ کے ساتھ چلوں گا۔'' اس نے امید بھری نظریں ڈالیں۔

''نہیں!'' کرسٹین نے کہا، اسے اپنے مضبوط ارادے دکھانے ہوں گے۔ اس نے جھپٹ کر ریکیٹ کا ہینڈل پکڑا اور ایک چھوٹی رسہ کشی کے بعد اسے اپنے قبضے میں کر لیا۔

''الوداع!'' کرسٹین نے کہا، وہ اس کو حیرت میں ڈالتے ہوئے آگے بڑھی۔

کرسٹین کو لگا جیسے وہ غراتے ہوئے کتے سے بچ کر آئی ہو۔ اسے ہراساں نہیں دکھنا چاہیے اور وہ بھی تب جب کہ وہ اس سے قد میں آدھا ہی تھا اور اب تو اس کے ہاتھ میں ٹینس ریکٹ بھی تھا، درحقیقت وہ اس کا کچھ نہیں بگاڑ سکتا تھا۔

اگرچہ کرسٹین نے پیچھے مڑ کر نہیں دیکھا، تاہم وہ جانتی تھی کہ وہ اس کے پیچھے آ رہا ہے۔ 'کیا ہی اچھا ہوتا اگر کوئی ٹرام مل جاتی!' کرسٹین نے سوچا اور ایک دکھائی بھی دے رہی تھی لیکن دور گلی کے آخری کونے پر، ریڈ لائٹ میں پھنسی ہوئی۔ جب کرسٹین اسٹاپ تک پہنچی تو وہ شخص بھی اس کے بغل سے ہانپتا ہوا آ پہنچا۔ کرسٹین اس کی طرف متوجہ نہ ہو کر سامنے کی طرف گھورتی رہی۔

''ہم دوست ہیں۔'' آدمی نے جھجکتے ہوئے کہا۔

کرسٹین نرم پڑ گئی، وہ اس پر ڈورے نہیں ڈال رہا تھا۔ وہ تو ایک اجنبی تھا، وہ بس ایک ایسے شخص سے ملنا چاہتا تھا جو وہاں کا مقامی ہو، ایسے موقع پر وہ بھی یہی کرتی۔

''ہاں!'' کرسٹین نے مسکراتے ہوئے کہا۔

''یہ بہت اچھا ہے۔'' آدمی نے کہا، ''میرا ملک بہت دور ہے۔''

کرسٹین کوئی مناسب جملہ نہیں سوچ سکی، ''یہ دلچسپ رہے گا۔'' اس نے کہا۔ ٹرام اب نزدیک آ چکی تھی، کرسٹین نے اپنا پرس کھول کر ایک ٹکٹ نکالا۔

’’میں اب آپ کے ساتھ چلوں گا۔‘‘ آدمی نے ٹخنوں کے اوپر اس کے بازو کو پکڑ لیا۔

’’تم یہیں ٹھہرو!‘‘ کرسٹین نے تقریباً چیخ کو دباتے ہوئے کہا، اس نے اپنے بازو الگ کیے۔ آدمی کی پکڑ کمزور تھی اور کرسٹین کے ٹینس کھیلنے کی وجہ سے مضبوط بازو اس سے کہیں زیادہ طاقتور تھے۔ وہ ٹرام کی سیڑھیوں پر اچھل کر چڑھ گئی اور اس کے دروازے بند ہونے پر چین کی سانس لی۔ ٹرام کے اندر کچھ دور چل کر اس نے باہر کی طرف نظر دوڑائی، وہ شخص کاغذ کی دفتی پر کچھ لکھ رہا تھا۔

جب وہ گھر پہنچی تو شام کی چائے کا وقت ہو چکا تھا۔ اسے ڈیبیٹنگ سوسائٹی کے لیے نکلنا تھا، بحث کا مضمون تھا: ’یہ طے ہوا کہ جنگ اب فرسودہ ہو چکی ہے۔‘ کرسٹین کی ٹیم نے مسودہ کے حق میں بول کر جیت حاصل کی۔

کرسٹین اپنا آخری امتحان دے کر جب باہر نکلی تو افسردہ محسوس کر رہی تھی۔ اس کی افسردگی کی وجہ امتحان نہیں بلکہ یہ حقیقت تھی کہ یہ اس کا آخری امتحان تھا۔ اس کا مطلب یہ ہوا کہ اب اس کے اسکول کے ایام ختم ہو چکے ہیں۔ وہ کافی ہاؤس میں آدھمکی جیسا وہ اکثر کیا کرتی تھی پھر جلدی گھر آ گئی، کیوں کہ کرنے کے لیے کچھ نہیں تھا۔

’’کرسٹین، کیا یہ تم ہو؟‘‘ اس کی ماں نے دوسرے کمرے سے آواز لگائی۔ اس نے باہری دروازے کو بند ہوتے ہوئے سنا تھا۔ کرسٹین اندر آئی اور اپنے آپ کو صوفے پر گرا دیا۔

’’تمھارا امتحان کیسا رہا؟‘‘ اس کی ماں نے پوچھا۔

’’اچھا تھا۔‘‘ اس نے جواب دیا۔ دراصل اس کا امتحان اچھا ہی تھا۔ وہ پاس ہو گئی تھی، وہ بہت ذہین طالب علم نہیں تھی اور وہ یہ بات جانتی تھی لیکن وہ محنتی تھی، اس کے پروفیسر اس کی کاپی پر ’اچھی کوشش‘ یا ’اچھی سوچ لیکن ولولہ کی کمی‘ جیسے کمنٹ لکھا کرتے تھے۔ اسے بی گریڈ ملتا تھا، کبھی کبھی بی پلس بھی مل جاتا تھا۔ اس نے آگے معاشیات اور سیاسیات لینے کا سوچ رکھا تھا۔ اسے سرکاری ملازمت ملنے کی امید تھی، سرکاری افسروں سے اس کے والد کے روابط اچھے تھے۔

’’بہت اچھا!‘‘ اس کی ماں نے جواب دیا۔

کرسٹین کو غصہ آ رہا تھا، کیوں کہ امتحان کے بارے میں اس کی ماں کے خیالات غیر سنجیدہ تھے۔ اس کی ماں اس وقت گلیڈ یولی کے گملوں کو ترتیب دے رہی تھی، وہ ہمیشہ کی طرح اپنے ہاتھوں کو محفوظ رکھنے کے لیے ربر کے دستانے پہنے ہوئے تھی۔ وہ گھر کے کام کرتے وقت ایسا اکثر کیا کرتی تھی، گھر کے کام کے نام پر وہ عام طور پر پھولوں کے گملوں کو ترتیب دیتی تھی، کبھی کبھار وہ کھانا بھی بناتی تھی لیکن اس کا خیال تھا کہ وہ ایسا اپنے شوق کی وجہ سے کرتی ہے، باقی گھر کا کام نوکرانی کرتی تھی۔ کرسٹین کو گھر پر نوکرانی رکھنا بہت معیوب لگتا تھا لیکن اس مسئلے پر اس کی ماں سے بحث کرنا بہت مشکل تھا، وہ اتنی نازک اندام تھی کہ جیسے تیز سانس بھی اسے خراش لگا دے گی۔

’’آج ایک دلچسپ نوجوان شخص کا فون آیا تھا۔‘‘ کرسٹین کی ماں نے کہا۔ وہ گملوں کو ترتیب سے رکھ کر

اپنے دستانے اتار رہی تھی۔ ''وہ تم سے بات کرنا چاہتا تھا، جب میں نے اسے بتایا کہ تم گھر پر نہیں ہو تو اس نے مجھ سے کچھ دیر تک بات کی۔ تم نے مجھے اس کے بارے میں نہیں بتایا؟''

''اس نے اپنا نام بتایا تھا؟'' کرسٹین نے پوچھا وہ بہت سے نوجوانوں کو جانتی تھی لیکن وہ کبھی اسے فون نہیں کرتے تھے، ان کے درمیان کام کی باتیں میٹنگ کے بعد یا کافی کی دکان پر ہو جایا کرتی تھیں۔

''وہ کسی دوسری تہذیب کا باشندہ تھا۔ اس نے کہا تھا کہ وہ دوبارہ فون کرے گا۔''

کرسٹین کچھ لمحے کے لیے سوچ میں پڑ گئی۔ وہ کئی لوگوں کو جانتی تھی جو دوسرے ملک سے تعلق رکھتے تھے، ان میں زیادہ تر برطانوی تھے جن کا تعلق اس کی ڈیبیٹنگ سوسائٹی سے ہوتا تھا۔

''وہ مونٹریال میں فلسفہ کی پڑھائی کر رہا ہے۔ اس کا لہجہ فرانسیسی تھا۔'' اس کی ماں بولی۔

کرسٹین کو پارک والا شخص یاد آ گیا۔ ''مجھے نہیں لگتا کہ وہ واقعی فرنچ ہے۔'' اس نے کہا۔

کرسٹین کی ماں اپنا چشمہ اتار چکی تھی اور اب دوبارہ بے خیالی میں پھولوں کے گملوں کو چھیڑ رہی تھی۔

''ہاں اس کا انداز فرانسیسی جیسا تھا۔'' وہ غور کر کے بولی، ''کیا ہی بہتر ہوتا اگر تم اسے چائے پر بلا لیتیں۔''

کرسٹین کے علاوہ اس کی دو بہنیں تھیں، دونوں خوبصورت تھیں اور اپنی ماں پر گئی تھیں۔ ان میں سے ایک کی شادی اچھے گھر میں ہوئی تھی اور دوسری کی بھی شادی کوئی بڑا مسئلہ نہیں تھا، وہ کرسٹین کے سلسلے میں فکر مند رہتی تھی۔ اس کے بارے میں اس کی سہیلیاں یہ کہہ کر اسے دلاسا دیا کرتی تھیں کہ کرسٹین کوئی موٹی لڑکی نہیں ہے، بس اس کی ہڈیاں چوڑی ہیں، شاید اپنے باپ پر گئی ہے۔ کرسٹین کی بہنوں نے کبھی بھی غیر نصابی سرگرمیوں میں وقت نہیں دیا تھا لیکن کرسٹین اگرچہ اپنا وزن کم کر لیتی، پھر بھی وہ کبھی دلکش نہیں دکھائی دیتی، اس لیے اس نے کھیل اور کالج کی سیاست کو اپنا میدان بنایا، اسی وجہ سے کرسٹین کی ماں اسے عاشقی کے مواقع فراہم کرنے سے نہیں چوکتی تھی۔

کرسٹین کو پتہ تھا کہ اس کی ماں اس کی طرف سے ایک نئے جوش کی امید کر رہی تھی لیکن وہ ایسا نہ کر سکی وہ بس اتنا کہہ سکی؛ ''مجھے نہیں معلوم، ٹھیک ہے دیکھوں گی۔''

''تم تھکی ہوئی لگ رہی ہو۔ ایک گلاس دودھ لینا پسند کرو گی؟'' اس کی ماں نے پوچھا۔

جب فون کی گھنٹی بجی، اس وقت کرسٹین باتھ ٹب میں نہا رہی تھی۔ اگرچہ وہ تخیلات کی دنیا میں کم ہی جایا کرتی تھی، تاہم باتھ ٹب میں وہ اپنے آپ کو ایک ڈالفن تصور کیا کرتی تھی، ایک ایسا کھیل جو اس نے بچپن میں ایک نوکرانی سے سیکھا تھا جو اسے نہلایا کرتی تھی۔ اس کی ماں کی آواز ہال میں گونج رہی تھی، پھر غسل خانے کے دروازے پر دستک ہوئی۔

''یہ وہی بھلا نوجوان ہے، فرانسیسی طالب علم۔'' اس کی ماں باہر سے بولی۔

''اسے بتا دیں کہ میں غسل خانے میں ہوں۔'' کرسٹین ضرورت سے زیادہ تیز آواز میں بولی، ''اور ہاں، وہ فرنچ نہیں ہے۔''

وہ اپنی ماں کو بڑبڑاتے سن رہی تھی، ''یہ کوئی شائستگی نہیں ہے کرسٹین، وہ یہ بات نہیں سمجھے گا۔''

''اوہ، ٹھیک ہے۔'' کرسٹین نے کہا۔ وہ باتھ ٹب سے نمودار ہوئی اور اپنی گلابی جسامت کو تولیہ میں لپیٹتے ہوئے فون کی طرف بڑھی۔

''ہیلو!'' وہ اکھڑ مزاجی سے بولی۔ وہ پریشانی کا ذریعہ بن گیا تھا۔ کرسٹین کو نہیں پتہ کہ اسے اس کا نمبر کیسے مل گیا تھا، شاید اس نے فون بک کو کھنگال لیا ہو اور کرسٹین نام کے سبھی نمبرات پر فون کر چکا ہو۔

''میں تمھارا دوست بول رہا ہوں۔'' دوسری طرف سے کہا گیا۔

''مجھے معلوم ہے۔'' کرسٹین نے کہا، ''کیسے ہو؟''

''میں ٹھیک ہوں۔'' اس کے بعد ایک لمبا وقفہ جس دوران کرسٹین کے دل میں کئی بار آیا کہ وہ الوداع کہہ کر فون رکھ دے، پھر اس نے کہا، ''مجھے امید ہے کہ آپ بھی خیریت سے ہوں گی۔''

''ہاں۔'' کرسٹین نے کہا۔

''میں چائے پر آرہا ہوں۔'' اس نے کہا۔

کرسٹین کو حیرت ہوئی، ''واقعی تم آرہے ہو؟''

''آپ کی پیاری ماں نے بلایا ہے۔ میں جمعرات کو آرہا ہوں چار بجے۔''

''افوہ! نہیں۔'' کرسٹین کے منہ سے نکلا۔

''جمعرات کو ملاقات ہوگی۔'' اس نے شعوری غرور کے ساتھ کہا جیسے کہ اس نے کوئی مشکل جملہ یاد کر لیا ہو۔

کرسٹین فون رکھ کر ہال میں آگئی۔ اس کی ماں مطالعہ کے کمرے میں تھی اور اس کی میز کے پاس معصومیت سے بیٹھی تھی۔

''کیا آپ نے اسے جمعرات کو چائے پر مدعو کیا ہے؟''

''نہیں۔'' اس کی ماں نے سکون بھرے لہجے میں کہا، ''میں نے صرف یہ کہا تھا کہ وہ کسی وقت چائے پر آسکتا ہے۔''

''وہ جمعرات کو چار بجے آرہا ہے۔''

''اس میں غلط کیا ہے؟ مجھے لگتا ہے یہ ہمارے لیے ایک اچھا موقع ہے۔ تمھیں بھی اس میں تعاون کرنا چاہیے۔'' اس کی ماں اپنے آپ میں بہت خوش لگ رہی تھی۔

''چونکہ اسے آپ نے مدعو کیا ہے، اس لیے آپ یہاں موجود رہیں گی اور اس کا دل بہلائیں گی۔'' کرسٹین نے کہا، ''دلفریب اشارے کر کے صرف میں ہی کیوں اسے محظوظ کروں؟''

''میری پیاری کرسٹین! تم کو اپنا گاؤن پہن لینا چاہیے ورنہ تمھیں سردی لگ جائے گی۔'' اس کی ماں نے کہا۔

تقریباً ایک گھنٹے کی خفگی کے بعد کرسٹین طے شدہ چائے کے وقت کے بارے میں سوچنے لگی جو اس کے امتحان اور ایک میٹنگ کے بیچ میں پڑ رہا تھا۔ یقیناً یہ کوئی اچھا وقت نہیں تھا لیکن جب جمعرات کی صبح اس کی ماں کے ذریعے آرڈر کیا ہوا کیک آ گیا تو وہ تھوڑا اچھا محسوس کرنے لگی۔ اس نے بلاؤز اور اسکرٹ کے بجائے ایک اچھی پوشاک پہننے کا ارادہ کیا۔ اسے ڈر تھا کہ اس کی ماں انھیں لے کر کہیں باہر نہ چلی جائے اور پھر کسی بہانے سے انھیں اکیلا چھوڑ دے جیسا کہ وہ اس جیسے اور کئی مواقع پر کر چکی تھی، اس لئے اس نے نوکرانی سے کہا کہ وہ چائے احاطے کے باغیچہ میں پئیں گی۔

جب ڈور بیل بجی تو اس کی ماں ایک مصنوعی خوشی سے بڑبڑائی۔

اس کے بعد کرسٹین ہفتوں تک اپنی ماں کے مایوس تاثرات سے محظوظ ہوتی رہی۔

تعارف کے دوران اس کی ماں کو بہت مایوسی ہوئی، وہ کوئی مسحور کن طاقتور غیر ملکی شخص نہیں تھا جیسا کہ اس کی ماں کے رجائیت پسند دماغ نے سوچ رکھا تھا۔

وہ اس جشن کے لیے تیار ہو کر آیا تھا۔ اس نے اپنے بالوں میں اس قدر کریم لگا رکھی تھی کہ اس کا سر چمڑے کی ایک کالی ٹوپی لگ رہا تھا۔ اس نے جیکٹ کی آستین سے جھولتے دھاگوں کو کاٹ لیا تھا۔ اس کی نارنگی ٹائی ضرورت سے زیادہ کھل رہی تھی۔ جب وہ کرسٹین کی ماں سے ہاتھ ملا رہا تھا تو اس نے دیکھا کہ اس کی انگلیوں پر قلم کی روشنائی کا نشان ابھی بھی موجود تھا۔ اس کا چہرہ آنے والے لمحات کی خوشی سے دمک رہا تھا۔ اس کے کندھے سے ایک چھوٹا کیمرا لٹک رہا تھا اور وہ ایک غیر مانوس مہک والی سگریٹ پی رہا تھا۔

کرسٹین اس کو نرم گدی دار رہائشی کمرے سے گزارتے ہوئے باغیچہ میں لے آئی، ''آپ یہاں بیٹھیں میں نوکرانی کو چائے لانے کے لیے کہتی ہوں۔''

نوکرانی ویسٹ انڈیز کی رہنے والی تھی۔ کرسٹین کے والدین کو وہ کرسمس کے دنوں میں چھٹیوں کے دوران ملی تھی اور وہ اسے گھر لے آئے تھے۔ وہ اس وقت حاملہ تھی لیکن اس کی ماں نے اسے معطل نہیں کیا۔ وہ مایوسی سے کہا کرتی تھی، ''ایک نوکرانی جو نوکری سے پہلے حاملہ ہو اور ایک جو نوکری کے فوراً بعد حاملہ ہو جائے، دونوں میں کوئی فرق نہیں ہے۔'' اور پھر اس کے علاقے میں نوکرانیوں کی کمی بھی تھی۔ ابتدائی دنوں میں کرسٹین نے اسے برابری کا درجہ دیا۔ ''مجھے مس کرسٹین کہہ کر نہ بلایا کرو۔'' کرسٹین نے اسے ایک دن ہنس کر کہا تھا۔ ''تو میں پھر آپ کو کیا کہہ کر بلاؤں؟'' اس نے پوچھا تھا، پھر ان دونوں کے درمیان کبھی کبھی باورچی خانہ میں چھوٹی بحث بھی ہو جایا کرتی تھی جیسا کہ ایک نوکر کی دوسرے نوکر کے ساتھ ہوتی ہے، جہاں تک کرسٹین کی ماں کے برتاؤ کا سوال تھا تو وہ دونوں سے مطمئن نہیں تھی۔

برف لگے چمکتے ہوئے کیک پلیٹ میں رکھے ہوئے تھے اور بجلی سے چلنے والی چائے کی کیتلی ابل رہی تھی۔ کرسٹین اسے لینے کے لئے بڑھی لیکن نوکرانی جو ابھی تک اپنی ہتھیلی میں چہرہ رکھے بیٹھی ہوئی تھی، اس سے ٹکرا کر اس کا راستہ روک لیا اور جب تک اس نے پیالی میں گرم پانی نہیں انڈیل لیا، کرسٹین اس کا انتظار کرتی رہی۔

''الورا! اسے میں لے جاؤں گی۔'' کرسٹین نے کہا۔ وہ نہیں چاہتی تھی کہ اس کی نوکرانی اس شخص کی نارنگی ٹائی کو دیکھے۔ وہ جانتی تھی کہ نوکرانی کی نظروں میں اس کا مقام ڈاواں ڈول ہو چلا ہے، کیوں کہ ابھی تک کسی نے اسے حاملہ کرنے کی کوشش نہیں کی ہے۔

''آپ کو کیا لگتا ہے مجھے کس بات کے پیسے ملتے ہیں، مس کرسٹین!'' نوکرانی نے گستاخی سے کہا وہ ٹرے لے کر باغیچہ کی طرف تیزی سے بڑھ گئی۔ کرسٹین اس کے پیچھے پیچھے مضمحل انداز میں چلنے لگی۔ نوکرانی کرسٹین جیسی لمبی تھی لیکن مختلف ڈھنگ سے۔

''شکریہ الورا۔'' کرسٹین نے نوکرانی سے کہا، نوکرانی اس شخص کی جھولتی جیکٹ کی آستین اور دھبے دار انگلیوں پر حقارت سے نظر ڈالتی بغیر کوئی لفظ بولے واپس چلی گئی۔ کرسٹین نے اسی وقت تہیہ کرلیا کہ وہ اس شخص سے مہربانی سے پیش آئے گی۔

''آپ بہت دولت مند ہیں؟'' اس نے کہا۔

''نہیں، ہم دولت مند نہیں ہیں۔'' کرسٹین نے اپنا سر نفی میں ہلایا۔ اس نے کبھی بھی اپنے گھر والوں کو مالدار نہیں سمجھا تھا۔ اس کے والد کہتے تھے کہ آج تک کوئی بھی شخص سرکاری ملازمت کرتے ہوئے پیسہ نہیں کما پایا ہے۔

''ہاں آپ لوگ بہت مالدار ہیں۔'' اس نے دہرایا وہ دالان کی کرسی پر بیٹھ کر اپنے چاروں طرف حیرت سے گھور رہا تھا۔

کرسٹین نے اس کی طرف چائے کا کپ بڑھایا۔ اس کو کبھی بھی اپنے گھر یا باغ کو غور سے دیکھنے کی عادت نہیں تھی ان میں کوئی خاص بات بھی نہیں تھی چہ جائے کہ وہ اس گلی میں سب سے بڑے ہوں لیکن اب وہ اس طرف دیکھ رہی تھی جہاں وہ دیکھ رہا تھا، یوں جیسے کی ایک نئی اونچائی سے، لمبا، وسیع جس کے حاشیوں پر ابتدائی موسم گرما کے پھول کھلے ہوئے تھے؛ لمبی راہداری، اونچی دیواریں اور خاموشی۔

وہ ہلکی آہ بھرتے ہوئے اس کی طرف مڑا اور گویا ہوا؛ ''میری انگریزی کمزور ہے لیکن میں اس میں سدھار کرلوں گا۔''

''تم کرلوگے۔'' کرسٹین نے اس کی ہمت افزائی کی۔

وہ چائے کی چسکی لینے لگا، جلدی جلدی لیکن احتیاط کے ساتھ، جیسے کہ اسے ڈر ہو کہ کہیں وہ کپ کو نقصان نہ پہنچا دے۔ ''مجھے یہاں ٹھہرنا پسند ہے۔''

کرسٹین نے اس کی طرف کیک بڑھایا۔ اس نے صرف ایک ٹکڑا لیا لیکن جب تک کرسٹین اپنا کیک ختم کرتی تب تک اس نے چائے کے کئی کپ پی لیے۔

وہ اس کے بارے میں اتنا جان سکی کی وہ کسی چرچ کے نام پر دیے جانے والے ماہانہ وظیفے کے خرچ پر یہاں آیا تھا اور یہاں پر فلسفہ یا دینیات کی پڑھائی کر رہا تھا یا شاید دونوں۔ وہ اس کی طرف سے اب پوری مطمئن

تھی، اس کا برتاؤ ابھی تک اچھا تھا اور کسی پریشانی کا سبب نہیں بنا تھا۔

بالآخر چائے کی کیتلی خالی ہو گئی، وہ اپنی کرسی پر سیدھا بیٹھ گیا۔ ''مہربانی کر کے آپ ادھر دیکھیں۔'' کرسٹین نے دیکھا کہ اس نے اپنا ننھا کیمرا پتھر کی اس دھوپ گھڑی پر نصب کر دیا جسے اس کی ماں نے دو سال پہلے انگلینڈ سے منگوایا تھا وہ کرسٹین کی تصویر لینا چاہتا تھا۔ کرسٹین اس کی بات مان گئی اور مسکراتے ہوئے تصویر کھنچوانے والے انداز میں بیٹھ گئی۔

اس نے اپنا چشمہ اتارا اور اپنے پلیٹ کے پاس رکھ دیا۔ کچھ لمحے کے لیے کرسٹین نے اس کی دور کی کمزور آنکھوں کو دیکھا جن میں اضطراب اور راز کی باتیں چھپی تھیں اور جن سے کرسٹین لاعلم رہنا چاہتی تھی، پھر وہ آگے بڑھا اور کرسٹین کی طرف پیٹھ کر کے اپنی کیمرے کے ساتھ کچھ کرنے لگا۔ دوسرے لمحے وہ کرسٹین کے بغل میں آکر بیٹھ گیا، اس کا ایک ہاتھ اس کی کمر کے گرد پوری طرح حائل ہو گیا، دوسرا ہاتھ اس کے ہاتھ پر رکھ دیا اور اس کے گال کرسٹین کے گال سے لگ گئے۔ وہ اتنی بھونچکا ہو گئی تھی کہ حرکت نہ کر سکی اور کیمرہ کلک ہو گیا۔

وہ فوراً کھڑا ہوا اور اپنا چشمہ پہن لیا، ''شکریہ محترمہ۔'' اس نے کرسٹین سے کہا، ''اب میں چلتا ہوں۔'' اس نے اپنا کیمرا دوبارہ اپنے کندھے پر لٹکا لیا اور اس پر اپنے ہاتھ اس طرح سے جما لیے جیسا اس کا ڈھکن نکلنے سے روکے ہوئے ہو۔ ''میں اسے اپنے گھر والوں کے پاس بھیجوں گا، ان کو یہ ضرور پسند آئے گا۔''

جب تک کرسٹین کے حواس بحال ہوتے، وہ گیٹ سے باہر جا چکا تھا، پھر وہ ہنسنے لگی۔ اسے اب یہ قبول کرنے میں کوئی حرج نہیں تھا کہ وہ ڈری ہوئی تھی کہ کہیں وہ اس پر حملہ نہ کر دے۔ اس نے کیا بھی لیکن عام طریقہ سے نہیں، وہ اسے پکڑ کر اٹھا لے گیا، اس کو نہیں بلکہ اس کی فلمی تصویر کو۔ چائے کے برتن جنھیں نوکرانی اٹھا کر لے جا رہی تھی اس پر مزاحیہ انداز میں ہنس رہے تھے۔ کرسٹین نے اس سال کی گرمی بھی پچھلے تین سالوں کی طرح بتائی وہ الگننگ پارک کے پاس لڑکیوں کے لیے تیراکی کے کیمپ میں ایک ٹرینر تھی اسے ٹینس سے زیادہ تیراکی میں مہارت تھی۔

اس واقعہ کے دو ہفتے بعد اسے ایک خط ملا۔ خط پر مونٹریل کے کسی ڈاک خانہ کی مہر تھی۔ ہرے رنگ کے صاف کاغذ پر انگریزی کے بڑے حروف میں دو یا تین جملے لکھے ہوئے تھے جس کی شروعات ''مجھے امید ہے کہ آپ بہتر ہوں گی'' سے ہو رہی تھی، پھر چھوٹے چھوٹے الفاظ میں موسم کا ذکر کیا گیا اور آخر میں ''میں ٹھیک ہوں'' لکھا تھا۔ نام کی جگہ ''آپ کا دوست'' لکھا تھا۔ اس طرح ہر ہفتہ اسے ایک خط موصول ہوتا رہا اور سارے خطوط تقریباً ایک جیسے ہوتے تھے۔ ایک خط میں اس کے ذریعہ لی ہوئی ان دونوں کی تصویر تھی جس میں وہ آنکھیں ترچھی کیے مسکرا رہا تھا، جب کہ اس کے عقب میں پھول پھلجھڑیوں کی طرح پھیلے ہوئے تھے۔ کرسٹین کا چہرہ حیرت اور غصے میں ڈوبا ہوا تھا جیسے کہ کسی نے اس کے پیچھے انگوٹھا چبھو دیا ہو۔

کرسٹین نے پہلے خط کا جواب دیا لیکن اس کے بعد وہ دوڑ کے مقابلے کی مشق میں مصروف ہو گئی۔ موسم گرما کے اختتام پر کیمپ سے گھر لوٹتے وقت جب وہ اپنا سامان پیک کر رہی تھی تو اس نے سارے خطوط

پھینک دیے۔

کیمپ سے گھر آنے کے کئی ہفتوں بعد کرسٹین کو ہرے رنگ کا ایک اور خط ملا۔ اس بار خط بھیجنے والے کا پتہ بھی لکھا تھا۔ کرسٹین کو تشویش ہوئی کیوں کہ نحوست اب اس کے شہر میں تھی۔ اسے روزانہ اس کے فون کے آنے کا خدشہ رہتا، اسے اس پر اس قدر وثوق تھا کہ جب وہ اسے ایک دن کیمپس کے درمیان میں آملا تو وہ اس کے لیے بالکل تیار نہیں تھی۔

''آپ کیسی ہیں؟''

اس کی مسکراہٹ ویسے ہی تھی لیکن مسکراہٹ کے علاوہ سب کچھ بدل گیا تھا۔ وہ پہلے سے زیادہ دبلا ہو گیا تھا۔ اس کی آستین میں بے شمار نئے دھاگے اُگ آئے تھے جیسے سب اس کے بے رحمی سے چبائے ہوئے ناخنوں کو چھپانے کی کوشش کر رہے ہوں۔ اس کے بغیر کٹے بال کسی تیل کے بغیر اس کی آنکھوں پر آ رہے تھے۔ اس کی آنکھیں اس کے چہرے میں گھسی ہوئی تھی۔ ابھری ہوئی ہڈیوں پر نازک جلد تین زاویوں والے کانٹے میں پھنسی مچھلی کی طرح لگ رہی تھی۔ منھ کے ایک کونے میں سگریٹ کا آخری ٹکڑا پھنسا ہوا تھا۔ جیسے ہی وہ دونوں آگے بڑھے، اس نے ایک نئی سگریٹ جلالی۔

''میں ٹھیک ہوں۔'' کرسٹین نے کہا۔ وہ سوچ رہی تھی کہ وہ اس بار ملاقات کو آگے نہیں بڑھنے دے گی، اب بہت ہوگیا۔ میں نے اپنا بین الاقوامی فرض ادا کر دیا ہے۔

''کیسے ہو؟'' کرسٹین نے پوچھا۔

''میں اب یہیں رہتا ہوں اور معاشیات کی پڑھائی کر رہا ہوں۔''

''بہت خوب۔'' اس کے لہجے سے کرسٹین کو نہیں لگا کہ اس کا واقعی داخلہ ہوا ہے۔

''میں آپ سے ملنے آیا ہوں۔''

کرسٹین یہ نہیں جان سکی کہ وہ مونٹریل چھوڑ کر صرف اس کے نزدیک رہنے آیا ہے یا پچھلی بار کی طرح اس کے گھر کا دورہ کرنے کا ارادہ ہے، کچھ بھی ہو وہ اس بار معاملے کو طول نہیں دے گی۔ وہ اس وقت سیاسیات کی عمارت کے باہر تھے۔

''میری یہاں کلاس ہونے والی ہے۔''

اس نے کہا، ''الوداع!''

اسے احساس تھا کہ وہ اکھڑ مزاجی سے پیش آ رہی ہے لیکن جیسا کہ اس کی بہنیں کہا کرتی تھیں کہ گھٹ گھٹ کر مرنے سے بہتر ہے ایک بار میں ذبح ہو جانا۔

اس کے بعد کرسٹین نے سوچا کہ اسے اپنی کلاس کے بارے میں بتا دینا ایک بے وقوفی بھرا عمل تھا۔ اگرچہ ہر شعبہ سے باہر ایک ٹائم ٹیبل لگا ہوتا تھا، پھر بھی اس نے کیمپس میں کرسٹین کی ہر حرکت کو سبز نوٹ پیڈ پر نوٹ کر لیا، بعد ازاں اس نے کبھی اس کو اکیلا نہیں چھوڑا۔

شروع شروع میں وہ اس کا لیکچر روم کے باہر انتظار کیا کرتا تھا، وہ اسے صرف ہیلو کہہ کر آگے بڑھ جایا کرتی تھی۔ وہ اس کا کچھ دوری بنا کر مسکراتا ہوا تعاقب کیا کرتا تھا، پھر کرسٹین نے اس سے بولنا بند کر دیا اور نظر انداز کرنے کی اداکاری کرنے لگی لیکن اس سے بھی کچھ فرق نہ پڑا وہ پیچھا کرتا رہا۔ کرسٹین کا اس سے ڈرا ہونا ، یا یہ چڑچڑاہٹ تھی، اس کی ہمت افزائی کر رہا تھا۔

دن گزرتے گئے لیکن اس نے کرسٹین کا پیچھا نہیں چھوڑا۔ وہ اب دو کلاسوں کے درمیان تیز چلتی ہوئی جاتی تھی۔ بالآخر ایک دن دوڑنے بھی لگی لیکن اس شخص میں تھکن کا نام ونشان نہ تھا، اتنی زیادہ سگریٹ پینے کے باوجود اس کی قوت برداشت قابل داد تھی۔ وہ مسلسل ایک دوری بنائے رکھتا تھا جیسے کہ وہ غیر مرئی دھاگے سے کھینچا جانے والا ایک کھلونا ہو۔ کرسٹین کیمپس میں ان دونوں کی مضحکہ خیز دوڑ کی حقیقت سے واقف تھی۔ وہ دونوں کسی کارٹون فلم کی طرح تھے جس میں ایک سست ہاتھی ایک مسکراتے ہوئے آزاد چوہے کے ذریعہ کچلا جاتا ہے لیکن کرسٹین کو یہ دوڑ کی مسابقت چلنے کے مقابلے میں کم مضطرب کرتی تھی، وہ اپنی گردن کی پچھلی جلد پر دو آنکھوں کو محسوس کیا کرتی تھی۔ اس دوڑ سے کم سے کم اس کے پٹھوں کی مشق ہو جاتی تھی۔ وہ روزانہ ورزش کرتی تھی۔ وہ کافی ہاؤس میں خواتین کے کمرے میں گھس کر پچھلے دروازے سے نکل جایا کرتی لیکن ایک دن اسے اس راستے کا علم ہو گیا۔ وہ کیمپس کی عمارت کے ٹیڑھے میڑھے راستوں سے اسے چکمہ دینے کی کوشش کرتی دی لیکن یوں لگتا جیسے عمارت کے پیچیدہ راستوں کا علم اسے بھی اتنا ہی ہے، جتنا کرسٹین کو ہے۔

دوپہر کا کھانا مشکل ہو گیا تھا۔ وہ ڈبیٹنگ کلب کے دوسرے ممبران کے ساتھ بیٹھی کھا رہی ہوتی کہ وہ اچانک کسی انجان راستے سے آ پہنچتا تھا پھر کرسٹین بھیڑ سے ہو کر آدھی بچی سینڈوچ لے کر کہیں دور کرسی پر بیٹھ جاتی اور وہ اس کی کرسی کے پیچھے کھڑا رہتا۔ دوسرے لوگوں کو اس کی موجودگی کا احساس رہتا تھا۔ کرسٹین کی دوست اب اس کو دور سے پہچان لیتی تھیں، ''دیکھو وہ آرہا ہے۔'' وہ آپس میں سرگوشی کرتی اور کرسٹین کو اس کی چیزیں اکٹھا کرنے میں مدد کرتیں جنھیں لے کر وہ اچھل کر بھاگتی اور وہ اس کے پیچھے بھاگتا تھا۔

کئی بار ایسا ہوا کہ کرسٹین بھاگتے بھاگتے تھک جاتی اور اس کا سامنا کر لیتی، ''تم کیا چاہتے ہو؟'' وہ اس پر برس پڑتی، اس کی مٹھی تقریباً بندھی ہوئی ہوتی۔ کرسٹین کو اسے جھنجھوڑ کر پیٹنے کا جی کرتا تھا۔

''میں تم سے بات کرنا چاہتا ہوں۔''

''ٹھیک ہے، لو میں یہاں ہوں، تمھیں کیا بات کرنی ہے؟''

لیکن وہ کچھ نہ کہتا، صرف اس کے سامنے کھڑا رہتا۔ اس کے پیر ہل رہے ہوتے اور وہ معافی چاہنے والے انداز میں مسکرا رہا ہوتا (حالاں کہ کرسٹین کبھی اس کی مسکراہٹ کے انداز کو نہیں جان پائی، اس کے ہونٹ نکوٹین سے پیلے ہوئے دانتوں پر پھیلے ہوتے تھے۔) اس کی آنکھیں اس کے چہرے پر ایک جگہ سے دوسری جگہ گھوما کرتیں جیسے کہ وہ کرسٹین کو ٹکڑوں میں دیکھ رہا ہو۔

اگرچہ اس کا روز روز کا تعاقب پریشان کن تھا لیکن اس کے پراسرار نتیجے سامنے آرہے تھے۔ اس

سے پہلے کسی کو کرسٹین اتنی پراسرار نہیں لگی تھی۔ اس کے والدین اسے ڈھب چلنے والی ایک عام سی موٹی لڑکی سمجھتے تھے۔ اپنی بہنوں کے لیے وہ سیدھی سادی لڑکی تھی جس کا ان سے کوئی مقابلہ نہیں تھا۔ اس کے مرد دوست اسے محنتی اور قابل بھروسہ مانتے تھے۔ ٹینس کے کھیل میں وہ ایک اچھا ساتھی ثابت ہوتی تھی۔ وہ اسے اپنے ساتھ بیئر پینے کے لیے لے جاتے کیوں کہ ان کو اس کی وجہ سے عورتوں والے کمرے میں جگہ مل جاتی تھی جو مردوں کے کمرے سے زیادہ صاف ہوا کرتا تھا۔ وہ اس سے دوسری لڑکیوں کے ساتھ اپنے راز بتایا کرتے تھے۔

کرسٹین اپنے بارے میں لوگوں کی اس رائے سے واقف تھی۔ بچپن میں وہ جب کوئی کہانی سنتی کہ ''ایک دفعہ ایک خوبصورت اور ذہین دوشیزہ رہا کرتی تھی'' وہ فوراً مان لیتی کہ خوبصورت دوشیزہ وہ خود نہیں ہے لیکن اس کے بارے میں لوگوں کی یہ رائے اس کے لیے بری بات نہیں تھی۔ اس کے والدین نے اس سے غیر معمولی کامیابی کی امید بھی نہیں کی تھی۔ وہ کامیابی کے لیے کی جانے والی بے انتہا کاوشوں سے بھی بچی رہی۔ مردوں میں اس کی ایک الگ شبیہ تھی، ان کے لیے وہ ایک عام سی لڑکی نہیں تھی جسے وہ مختلف ناموں سے چھیڑ سکیں۔

لیکن اب اس کے ساتھ کچھ ایسا ہو رہا تھا جس کی وضاحت مشکل تھی۔ ایک آدمی اس کا تعاقب کر رہا تھا، ایک عجیب قسم کا خاص آدمی۔ بلاشبہ وہ اس کی طرف مائل تھا وہ اسے اکیلا نہیں چھوڑ سکتا تھا، دوسرے لڑکے اب اس کا اور زیادہ غور سے معائنہ کرنے لگے کہ آخر اس آدمی کی دونوں آنکھوں نے اس کے اندر کیا چیز دیکھ لی ہے۔ وہ اب اس سے اس بابت دریافت بھی کرنے لگے تھے، حالاں کہ ان کو کوئی اطمینان بخش جواب نہیں ملتا۔ اس کی کشش کا راز اب بھی جوں کا توں بنا تھا۔ کرسٹین کا بھالو جیسا مضبوط جسم دوسرے لڑکوں کے لیے ایک پہیلی بن چکا تھا، کرسٹین اس بات کو محسوس کر رہی تھی۔ باتھ ٹب میں اب وہ اپنے آپ کو ڈالفن تصور نہیں کیا کرتی تھی، بلکہ اب اس کے خیالات میں ایک جل پری آتی تھی یا کبھی کبھی اپنے آپ کو وہ مارلن منرو تصور کیا کرتی تھی۔ روز روز کا تعاقب اب اس کی عادت بن چکا تھا، وہ اس کا انتظار کیا کرتی تھی، اس کے بہت سارے فوائد میں ایک فائدہ یہ بھی تھا کہ اس کا وزن کم ہو رہا تھا۔

اس دوران اس آدمی نے کبھی بھی کرسٹین کو فون نہیں کیا اور نہ ہی اس کے گھر آیا۔ اس کو ضرور لگا ہوگا کہ اس کی کاوشوں کا کوئی مثبت نتیجہ نہیں نکل رہا ہے یا شاید وہ اُکتا گئی ہے، اس لیے کچھ دنوں بعد اس کا فون آنے لگا۔ صبح کے وقت یا پھر دیر رات جب اسے یقین ہوتا کہ اس وقت کرسٹین گھر پر ہوگی۔ کبھی کبھی وہ فون پر صرف سانسیں لیا کرتا تھا، ایسی سانس جس سے کرسٹین بھلی بھانت واقف تھی یا پھر کبھی کہتا کہ وہ اس سے بات کرنا چاہتا ہے اور جب کرسٹین فون سنبھالے اس کی بات کا انتظار کرتی تو وہ کوئی بات نہ کہتا۔ پھر اس نے اپنی کوشش اور تیز کر دی اور اب وہ اسے ٹرام میں بھی دکھائی دے جاتا، ہمیشہ کی طرح مسکراتا ہوا، یا کبھی اس کی اپنی گلی میں اور جب کرسٹین پیچھے مڑ کر دیکھتی تو وہ کسی درخت یا جھاڑ کی اوٹ میں چھپنے کی کوشش کر رہا ہوتا۔

دن کے اوقات میں لوگوں کی بھیڑ کے درمیان کرسٹین کو اس سے ڈر نہیں لگتا تھا، وہ اس سے زیادہ مضبوط تھی اور اس نے اسے چھونے کی بھی کوشش نہیں کی تھی لیکن اب دن چھوٹے اور سرد ہونے لگے تھے نومبر کا

مہینہ آچلا تھا۔ اکثر کرسٹین کے گھر پہنچتے پہنچتے اندھیرا ہو جایا کرتا تھا اور گلی میں صرف زرد اسٹریٹ لائٹ کی روشنی ہوا کرتی تھی، اس نے اپنے پاس کوئی استرا، چاقو، بندوق یا کوئی اور ہتھیار رکھنے کے بارے کے بارے بھی سوچا جسے وہ نامساعد حالات میں استعمال کرسکتی تھی۔ وہ سردیوں میں اوڑھنے والے دوپٹے کو بھی استعمال کرنے سے بچنے لگی، کیوں کہ اس نے اخبار میں ان لڑکیوں کے بارے میں پڑھ رکھا تھا جن کا گلا ان کے دوپٹے سے گھونٹ دیا گیا تھا۔ صبح جب وہ کنٹوپ پہنتی تو اسے اپنے آپ پر ہنسی آجاتی، اسے یوں لگتا جیسے اس کا جسم گھٹ کر چھوٹا ہو گیا ہے۔

کیا وہ کوئی پاگل جنسی جنونی تھا؟ وہ بالکل بے ضرر لگتا تھا لیکن بسا اوقات ایسے ہی بے ضرر لوگ طوفان کھڑا کرتے ہیں۔ وہ اپنے تصور میں اس کی کھردری انگلیوں کو اپنی گردن پر محسوس کرتی یا انگلیاں اس کے کپڑے پھاڑ رہی ہوتیں، اگرچہ وہ چیخ نہیں رہی ہوتی۔ پارک کی ہوئی گاڑیاں، اس کے گھر کے قریب بیری کے جھاڑ، دونوں طرف کی سڑک جیسے بدل گئے ہوں۔ کرسٹین کو ایسا لگتا جیسے ان میں کوئی نحوست چھپی ہو، ایک تاک لگا کر بیٹھا آدمی جو اس پر کسی لمحے جھپٹ سکتا تھا، پھر بھی وہ جب بھی اسے صبح یا دوپہر کی روشنی میں دیکھتی (کیوں کہ وہ اب بھی پرانے طریقے سے اس کا پیچھا کرتا تھا) وہ اپنے آپ کو مجرم اور باعث تکلیف سمجھتی۔ اس کی گھبرائی آنکھیں، بوسیدہ ہوتی جیکٹ اسے احساس دلاتیں کہ وہ خود اس بات کی ذمہ دار ہے۔ اپنے جسم کے نامعلوم گوشوں سے، اپنی مرضی کے خلاف، وہ جنسی ہیجان میں مبتلا کتے کی طرح کوئی گندھ چھوڑ رہی تھی یا وہ مادہ پتنگے کی طرح تھی جس کا پیچھا چھوڑ دینا اس شخص کے لیے ناممکن ہو گیا تھا۔

کرسٹین کی ماں موسم سرما کی تیاریوں میں اتنی مصروف تھی کہ اس نے کرسٹین کے لیے ضرورت سے زیادہ فون کال کا دھیان ہی نہیں دیا، یا اس نے نوکرانی کی اس شکایت پر کوئی توجہ نہیں دی کہ ایک شخص اس کے گھر کے باہر کی دیوار کے پاس لگا تار دیکھا جا رہا ہے۔ ایک دن کرسٹین کی ماں نے اسے بتایا کہ وہ اس ہفتے کے آخر میں اس کے باپ کے ساتھ نیویارک جا رہی ہے۔ کرسٹین خوفزدہ ہو گئی۔ اس نے تصور میں اپنے آپ کو باتھ ٹب میں کٹی گردن کے ساتھ دیکھا، اس کا خون گول گول گھوم کر بہہ رہا تھا، نوکرانی اس کی کوئی مدد نہیں کر رہی تھی بلکہ وہ تو غسل خانے کے دروازے پر ہاتھ باندھے کھڑی دیکھ رہی تھی۔ کرسٹین نے فیصلہ کیا کہ وہ ہفتے کا آخری دن اپنی شادی شدہ بہن کے یہاں بتائے گی۔

جب کرسٹین اتوار کی شام کو واپس آئی تو اس نے دیکھا کہ نوکرانی پاگل ہوئی جا رہی ہے۔ اس نے بتایا کہ سنیچر کی شام جب وہ فرانسیسی دروازے کے پردے کھینچنے گئی تو ایک عجیب وغریب آدمی کا چہرہ دروازے کے شیشوں سے لگا باغ کی طرف گھور رہا تھا۔ نوکرانی کا دعویٰ تھا کہ وہ بے ہوش ہو گئی تھی اور قریب تھا کہ اس کا حمل اس کے رہائشی کمرے میں ہی ساقط ہو جائے۔ اس کے بعد اس نے پولیس کو فون کیا لیکن ان کے آنے سے پہلے وہ جا چکا تھا۔ نوکرانی نے بتایا کہ وہ اس شخص کو پہچانتی ہے وہ کرسٹین کا دوست تھا جو ایک شام چائے پر آیا تھا۔

دو پولیس والے پیر کی شام تحقیق کے لیے آئے، وہ بہت مہذب لگ رہے تھے کیوں کہ وہ کرسٹین کے

والد کو جانتے تھے۔اس کے والد نے ان کا گرم جوشی سے استقبال کیا۔ان کی پوری تحقیق کے دوران کرسٹین کی ماں پیچھے اپنے دونوں نازک ہاتھوں سے کھیل رہی تھی تا کہ وہ جان لیں کہ وہ کتنی نازک اور پریشان ہے۔اس کی ماں کو پولیس کا رہائشی کمرے میں آ جانا اچھا نہیں لگا، لیکن یہ ضروری بھی تھا۔

کرسٹین کو ماننا پڑا کہ وہ اس کا پیچھا کرتا رہا ہے، اسے اس بات کا سکون تھا کہ بالآخر پولیس کو اس بات کا پتہ چل گیا ہے۔ اگر وہ اس کے اپنے ملک کا باشندہ ہوتا تو وہ کب کا پولیس کو بتا چکی ہوتی۔ وہ بضد تھی وہ خطرناک نہیں ہے، اس نے کبھی اسے نقصان پہنچانے کی کوشش نہیں کی۔

''ایسے لوگ نقصان نہیں پہنچاتے، مارڈالتے ہیں۔'' ان میں سے ایک پولیس والے نے کہا،'' آپ خوش قسمت ہیں کہ ابھی تک زندہ ہیں۔''

''پاگل لوگ!'' دوسرا پولیس والا بولا۔

اس کی ماں آگے بڑھی اور بولی،''غیر ملکی لوگوں کے ساتھ مسئلہ یہ ہے کہ آپ نہیں جان سکتے کہ وہ پاگل ہیں یا نہیں کیوں کہ ان کا انداز بالکل مختلف ہوتا ہے۔'' پولیس والا اس بات پر متفق ہو گیا۔

''کیا آپ جانتی ہیں وہ کہاں رہتا ہے؟'' پہلے پولیس والے نے پوچھا۔

وہ خط جس پر اس کا پتہ درج تھا، کرسٹین بہت پہلے پھاڑ چکی تھی، اس نے نفی میں اپنا سر ہلایا۔

''پھر اسے ہم کل پکڑیں گے۔ اگر آپ کو وہ کلاس کے باہر انتظار کرتا ملے تو اسے مصروف رکھیے گا۔''

کرسٹین سے کچھ سوالات پوچھنے کے بعد پولیس والے اس کے والد سے سامنے والے ہال میں بات کرنے چلے گئے۔نوکرانی نے کافی کے کپ اٹھاتے ہوئے پولیس والوں سے کہا کہ اگر وہ اسے جیل میں بند نہیں کریں گے تو وہ چھوڑ کے چلی جائے گی، وہ دوبارہ بے ہوش ہونا نہیں چاہتی ہے۔

دوسرے دن جب کرسٹین جدید تاریخ کا لیکچر سننے بعد باہر آئی تو وہ امید کے مطابق وہاں موجود تھا۔ جب وہ نہیں بھاگی تو اسے حیرت ہوئی وہ اس کے پاس آئی۔ اس کا دل آزادی کی امید اور دھوکے کی وجہ سے دھڑک رہا تھا۔اس کا جسم اپنے عام قدوقامت پر واپس آ چکا تھا۔اس کا اعتماد اور سکون واپس آ چکا تھا۔

''کیسے ہو؟'' کرسٹین نے مسکراتے ہوئے پوچھا۔

اس نے کرسٹین کو شک بھری نگاہ سے دیکھا۔

''کیسے ہو؟'' وہ دوبارہ گویا ہوئی۔اس کی سدابہار مسکراہٹ غائب ہوگئی وہ اس سے ایک قدم پیچھے ہٹا۔

''یہی ہے؟'' پولیس والا نوٹس بورڈ کے پیچھے سے نکلا اور اس کے کندھوں پر اپنے مضبوط ہاتھ جما دیے۔دوسرا پولیس والا پیچھے کھڑا رہا، کیوں کہ زیادہ زور آزمائش کی ضرورت نہیں پڑی۔

''اس کے ساتھ کچھ مت کرنا۔'' جب پولیس والے اسے لے جا رہے تھے تو کرسٹین نے گزارش کی۔ پولیس والے اثبات میں سر ہلاتے ہوئے مسکرا دیے۔ان کے رویے میں عزت اور نفرت کی آمیزش تھی۔اس بیچ

میں وہ شخص جان گیا کہ وہ کون تھے اور کیا چاہتے تھے۔

شام کو پولیس والے نے فون کر کے ساری بات بتائی۔ کرسٹین کے والد نے ان سے بات کی۔ وہ بہت خوش نظر آ رہے تھے۔ کرسٹین بذات خود سارے معاملے سے اب باہر تھی۔ اسے بچا لیا گیا تھا اس کی ذمہ داری اب ختم تھی۔

''انھوں نے اس کے ساتھ کیا کیا؟'' جب اس کے والد رہائشی کمرے میں آئے تو اس نے پوچھا، وہ نہیں جانتی تھی کہ تھانہ میں حقیقت میں کیا ہوا۔

''انھوں نے اس کے ساتھ کچھ نہیں کیا۔'' وہ اس کی پریشانی پر مسکرا کر بولے،'' وہ اسے دوسرے کی نگرانی اور ڈورے ڈالنے پر بک کر سکتے تھے۔ وہ مجھ سے جاننا چاہتے تھے کہ میں اس پر کوئی الزام لگانا چاہتا ہوں یا نہیں۔ پورا معاملہ کورٹ کیس کے قابل نہیں تھا۔ اس کے پاس ویزا ہے جس میں لکھا ہے کہ وہ اس ملک میں تب تک رک سکتا ہے جب تک وہ مونٹریل میں پڑھائی کر رہا ہے۔ میں نے پولیس والے سے کہا کہ اسے مونٹریل بھیج دیں، اگر وہ یہاں دوبارہ دکھائی دے گا تو وہ سے ملک بدر کر دیں گے۔ پولیس والے اس کے کمرے پر بھی گئے تھے اس کا دو ہفتے کا کرایہ بچتا تھا، اس کی مکان مالکن اسے بھگانے ہی والی تھی۔ وہ اپنا کرایہ اور مونٹریل تک کا مفت ٹرین ٹکٹ پا کر بہت خوش تھا۔'' وہ رکے،'' گرچہ وہ اس سے کوئی جانکاری حاصل نہ کر سکے۔''

''اس سے؟'' کرسٹین نے پوچھا۔

''وہ اس سے جاننا چاہتے تھے کہ وہ ایسا کیوں کر رہا ہے یعنی تمہارا پیچھا کیوں کر رہا ہے؟'' اس کے والد کی آنکھیں ایسے گھومیں جیسے ان کے لیے بھی یہ چیز ایک پہیلی ہو۔ ''پولیس والے بتا رہے تھے کہ جب انھوں نے اس سے یہ بات پوچھی تو اس نے اپنے ہونٹ سی لیے اور بہانہ کرنے لگا کہ وہ انگلش نہیں سمجھتا، حالاں کہ وہ بہت اچھی طرح سمجھتا ہے لیکن اس کوئی جواب نہیں دیا۔''

کرسٹین نے سمجھا کہ معاملہ اب ختم ہے لیکن اس کی گرفتاری اور روانگی کے بیچ میں اسے ایک فون کال کرنے کا موقع مل گیا۔

''میں دوبارہ ملوں گا۔'' اس نے کہا اور کرسٹین کو بولنے کا موقع نہ دے کر فون رکھ دیا۔

اب جب کہ وہ کوئی پریشان کن موجودہ حقیقت نہیں تھا، اس کے بارے میں لوگ باتیں کرنے لگے۔ درحقیقت وہی ایک تفریح کا باعث تھا۔ کرسٹین کے پاس صرف اسی کی کہانی تھی جسے وہ لوگوں کو بتا سکتی تھی۔ اس کے دوست اور دوسرے لوگ اس کے بارے میں لگاتار اس سے پوچھتے تھے اور اس کے اغراض و مقصد کا اندازہ لگایا کرتے تھے۔ ایک دوست نے اندازہ لگایا کہ وہ اس سے شادی کرنا چاہتا تھا تاکہ وہ اس ملک میں رہ سکے۔ ایک اور دوست نے کہا کہ مشرقی لوگ موٹی عورتوں کے شوقین ہوتے ہیں وہ اس کے ریوبن کی تصویروں جیسے جسم پر مرمٹا تھا۔

کس ٹیم نے اس کے بارے میں بہت سوچا، وہ اس کی طرف مائل نہیں تھی بلکہ بہت محتاط تھی۔ اس کے

لیے وہ ایک رومانی کردار کی طرح تھا؛ ایسا شخص جس کے لیے وہ باعث کشش تھی۔ وہ اکثر اپنے گلابی چہرے اور موٹے جسم کو قد آدم آئینے میں معائنہ کرتے ہوئے تعجب کیا کرتی تھی کی اس میں آخر کیا ہے جو وہ اتنا کچھ کر بیٹھا۔ وہ اس کے جنونی ہونے کو سرے سے مسترد کر دیا کرتی تھی، اس کے اندر کچھ اور تھا جو جنون سے مختلف تھا۔

ایک دوست نے جب اس کی کہانی پہلی بار سنی تو کچھ اور ہی بتایا؛ ''تو وہ تم تک بھی آ پہنچا تھا؟'' اس نے ہنستے ہوئے کہا، ''یہ وہی آدمی ہے جو ہمارے کیمپ میں پچھلی گرمیوں میں تھا۔ وہ لڑکیوں کا اسی طرح پیچھا کیا کرتا تھا۔ ایک پست قد شخص جاپانیوں جیسا، چشمہ لگائے ہوئے اور ہمیشہ مسکراہٹ سجائے ہوئے۔''

''ہوسکتا ہے وہ کوئی اور رہا ہو۔'' کرسٹین نے کہا۔

''یہ دو نہیں ہو سکتے، سب کچھ ایک جیسا ہے یہ وہی عجیب وغریب شخص ہوگا۔''

''وہ کس طرح کی لڑکیوں کا پیچھا کرتا تھا؟'' کرسٹین نے پوچھا۔

''کوئی بھی لڑکی جو اس کے آس پاس دکھائی دے جاتی، کوئی بھی جو اس کی طرف توجہ دے دیتی یا اس سے اچھی طرح سے پیش آتی، یا کچھ اس جیسا، وہ ناقابل بہت ثابت قدم تھا وہ تھوڑا بہت پریشانی کا سبب تھا لیکن بے ضرر تھا۔''

کرسٹین نے اب اس کے بارے میں لوگوں کو بتانا بند کر دیا تھا تو وہ کئیوں میں سے ایک تھی۔ وہ ٹینس کی طرف متوجہ ہوگئی لیکن وہ اپنے کھیل پر توجہ نہیں دے پا رہی تھی۔

کچھ مہینوں بعد وہ پولیس والا جس کے ذمے یہ کیس تھا، اس نے کرسٹین کو فون کیا؛ ''میں نے چاہا کہ آپ جان لیں، مس! وہ شخص جو آپ کو پریشان کر رہا تھا، اسے اس کے ملک بھیج دیا گیا ہے یعنی تڑی پار کر دیا گیا ہے۔''

''کس جرم میں؟'' کرسٹین نے پوچھا ''کیا اس نے یہاں پھر سے آنے کی کوشش کی تھی؟'' ہوسکتا ہے کرسٹین کے اندر ایسی کوئی بات تھی کہ اس نے اتنی جرأت کر ڈالی۔

''نہیں، ایسا کچھ نہیں۔'' پولیس والے نے کہا، ''اس نے مونٹریال میں بھی وہی شرارت شروع کر دی جو وہ یہاں کر رہا تھا لیکن اس بار اس نے ایک غلط عورت کو چنا، ایک کانوینٹ کی صدر مدرس کو، کیوبیک میں اس طرح کی حرکت لوگ برداشت نہیں کرتے۔ اس سے پہلے وہ کچھ جان پاتا اسے دھر لیا گیا۔ مجھے لگتا ہے وہ اپنے ملک میں ٹھیک رہے گا۔''

''وہ عورت کتنے سال کی تھی؟'' کرسٹین نے ایک لمبی خاموشی کے بعد پوچھا۔

''ساٹھ کے آس پاس، مجھے جہاں تک لگتا ہے۔''

''مجھے بتانے کے لیے بہت بہت شکریہ۔'' کرسٹین نے رسماً کہا۔ یہ بہت سکون دینے والی خبر ہے، وہ سوچ رہی تھی کہ کیا پولیس والے نے اس کا مذاق اڑانے کے لیے اسے فون کیا تھا۔

جب اس نے فون رکھا تو وہ تقریباً رو رہی تھی۔ وہ آدمی اس سے کیا چاہتا تھا؟ ایک کانونٹ کی صدر؟ کیا وہ واقعی ساٹھ سال کی اماں کی طرح لگتی تھی؟ کانونٹ کا مطلب کیا ہوتا ہے؟ آرام، خیرات؟ پناہ؟ آخر اسے ہو کیا

گیا تھا؟ کیا وہ اس ملک میں کسی ذہنی تناؤ کا شکار تھا؟ کیا اس کی ٹینس کی پوشاک یا اس کے عریاں پیر اس کی کشش کا سبب تھے؟ لیکن بدن اور پیسہ تو ہر جگہ میسر ہے۔ وہ راہبہ اس کی آخری کوشش ثابت ہوئی یا گاؤن اور حجاب اس کو اپنے ملک کی عورتوں کی یاد دلاتے تھے جنھیں وہ اچھی طرح سمجھتا تھا۔ لیکن اب وہ اپنے ملک واپس جا چکا ہے، اس سے بہت دور جیسے ایک دوسرے سیارے پر، وہ اسے اب دوبارہ نہیں جان پائے گی۔

لیکن وہ اسے نہیں بھولا تھا۔

موسم گرما میں کرسٹین کو غیر ملکی مہر کے ساتھ ایک پوسٹ کارڈ موصول ہوا جس پر انگریزی کے بڑے حروف میں جانی پہچانی لکھاوٹ تھی۔ پوسٹ کارڈ کے اوپر ایک مندر کی تصویر چھپی تھی۔ اس نے لکھا تھا کہ وہ ٹھیک ہے اور امید کی تھی کہ وہ بھی ٹھیک ہوگی۔ نام کی جگہ 'آپ کا دوست' لکھا تھا۔ ایک مہینے بعد ایک مہر بند لفافے میں کرسٹین کو اس کے باغ کے اگلے حصے کی تصویر موصول ہوئی۔

بحیثیت معمہ کرسٹین کی چمک جلد ہی مدھم پڑ گئی، خیر اس پہیلی سے اس کا بھی اعتماد اب ختم ہو چکا تھا۔ زندگی دوبارہ اسی ڈھرے پر آ گئی جس کی اسے ہمیشہ توقع تھی اس نے اوسط نمبرات کے ساتھ اپنا گریجویشن مکمل کیا اور 'شعبہ صحت اور رفاہ عامہ' میں نوکری کر لی۔ وہ اچھا کام کر رہی تھی۔ اسے ایک عورت ہونے کے ناطے کبھی بھید بھاؤ کا سامنا نہیں کرنا پڑا، کیوں کہ کسی نے اسے عورت سمجھا ہی نہیں۔ اس نے ایک اچھے سائز کا اپارٹمنٹ بھی خرید لیا، حالاں کہ اسے سجانے میں اس نے زیادہ توانائی صرف نہیں کی۔ اس کا ٹینس کھیلنا اب کم سے کم ہوتا جا رہا تھا، اس کے جسم کے عضلات جن کے اوپر پہلے چربی کی ہلکی پرت ہوتی تھی، اب تھوڑے سے رہ کر پوری طرح چربی میں تبدیل ہو گئے تھے۔ اسے سر درد رہنے لگا تھا۔

سال گزرتے رہے اور اب جنگ کی خبروں سے اخبارات اور مجلّات بھرے رہتے تھے۔ کرسٹین سوچنے لگی کہ اس شخص کا تعلق کس مشرقی ملک سے تھا؟ وہ ملک کا نام جانتی تھی لیکن اس وقت اسے یاد نہیں آ رہا تھا وہ اتنی چھوٹی جگہ تھی کہ دماغ کی آماجگاہ سے الگ کر کے اس کا نام یاد کر پانا مشکل ہو رہا تھا۔

اس نے بہت کوشش کی لیکن اسے اس کے شہر کا نام یاد نہیں آ رہا تھا۔ وہ پوسٹ کارڈ جو اس کے ملک سے آیا تھا، کہیں گم ہو گیا تھا۔ کیا وہ شمالی یا جنوبی علاقے سے تھا؟ کیا وہ میدان جنگ کے قریب ہی رہتا تھا یا اس سے دور؟ وہ بے تحاشا مختلف میگزینیں خریدتی، ان میں چھپی تصویریں نہارتی، اجڑے گاؤں، مارچ کرتے فوجی، فق ہوئے یا غصے سے بھرے چہرے، قتل ہوتے جاسوس۔ وہ نقشوں کو پڑھتی، دیر رات نشر کی جانے والی خبریں دیکھتی، دور افتادہ ممالک اور ان کے خدوخال اب اس کے لیے مانوس ہو گئے تھے۔ ایک یا دوبار اسے ایسا لگا کہ اس نے اس شخص کو پہچان لیا ہے لیکن سب بے سود ثابت ہوا وہ سبھی ایک جیسے دکھائی دیتے تھے۔

بالآخر کرسٹین نے تصویریں دیکھنا بند کر دیا، وہ پریشان ہو جایا کرتی تھی جو کہ اس کے لیے اچھا نہیں تھا۔ اسے رات کو برے خواب دکھائی دینے لگے تھے جن میں وہ اپنی بوسیدہ جیکٹ پہنے، ایک بھرا بیگ، ایک

رائفل اور گہرے رنگوں والے پھولوں کا گلدستہ تھامے اس کی ماں کے گھر کے فرینچ دروازے سے اندر آ رہا ہوتا، وہ اسی انداز میں مسکرا رہا ہوتا، چہرے پر خون کی دھار بنی ہوتی جس سے اس کا کچھ حصہ چھپ گیا ہوتا تھا۔ کرسٹین نے اپنا ٹی وی بند کر کے الگ رکھ دیا اور انیسویں صدی کی ناول پڑھنے لگی۔ ٹرولوپ اور گالس وردی اس کے پسندیدہ ناول نگار تھے۔ کبھی کبھی جب وہ اس کے بارے میں سوچتی تو اپنے آپ سے کہتی کہ وہ اتنا چالاک اور تیز دماغ ہے کہ اپنے ملک میں زندہ رہ سکے گا، یقیناً وہ اپنے ملک میں جہاں کی زبان وہ جانتا ہے زندہ رہ لے گا۔ وہ اسے فوج میں کسی بھی جانب سے لڑتا ہوا تصور نہیں کر سکتی تھی، یقینا وہ ایسا نہیں تھا اور جہاں تک کرسٹین کو اس کے بارے میں علم ہے وہ کسی خاص نظریے کو نہیں مانتا تھا۔ وہ کچھ ایسا تھا جو ناقابل بیان ہے، پس منظر میں کسی شے کی مانند جیسے کرسٹین خود تھی۔ شاید وہ ایک مترجم بن چکا تھا۔

معذرت نامہ

نار برتو فیونتس (کیوبا)

ترجمہ: محمود احمد قاضی

بوڑھے کارکن نے اسے کچھ کہنے کی یوں جرأت کی:

''اب دیر ہو چکی ہے۔ گھونسلوں میں آرام کرتے پرندوں کو سنو۔ وہ بھی کہہ رہے ہیں کہ اس وقت دیر ہو چکی ہے۔ تم اپنے گھر کیوں نہیں چلے جاتے اور وہاں جا کر کچھ دیر کے لیے آرام کیوں نہیں کر لیتے؟ جھگڑا نمٹایا جا سکتے ہے۔ ایک بوڑھے آدمی کی نصیحت پر عمل کرو۔ تم گھر کیوں نہیں جاتے؟''

''کوئی بات نہیں۔'' ملیشیا مین اس میز کے قریب رکھے گئے اسٹول پر بیٹھا ہوا چلایا جس پر اس نے اپنی چھوٹی مشین گن بمعہ اپنے آٹھ میگزینوں کے ڈبے اور پیٹی کے رکھ چھوڑی تھی۔ اس نے اسٹول دیوار کے ساتھ ٹکا رکھا تھا۔ اس کی شکن آلود قمیص اس کی پتلون سے باہر لٹک رہی تھی۔ اس کی آنکھوں میں نیند کا خمار تھا۔

''میں نے کہا ہے، کوئی بات نہیں مگر اس گھر کا کوئی فرد اس وقت تک نہیں سوئے گا جب تک کہ میری عزت نفس بحال نہیں ہو جاتی۔ جب تک میری عزت پر لگا دھبہ بالکل دھل نہیں جاتا۔''

بوڑھے آدمی نے وہی کچھ پھر دہرایا جو وہ دوپہر سے کہتا چلا آرہا تھا۔

''لیکن عزت نفس کیسے بحال ہو سکتی ہے؟ اب تو بہت دیر ہو چکی ہے۔''

''بوڑھے تم خاصے چالاک آدمی ہو۔ اب یہ بکواس بند کرو۔ تم پوچھتے ہو کہ میری عزت نفس کیسے بحال ہو سکتی ہے؟''

''میں نے ابھی اس کا اندازہ تو نہیں لگایا لیکن بہرحال کوئی چیز میرے اندر سے کہہ رہی ہے کہ میرا انتقام کافی لمبے عرصے پر محیط ہوگا اور خاصا خوفناک ہوگا۔ یہ کسی دوسری طرز کا بھی نہیں ہو سکتا۔ یہ بات واضح ہے کہ تم آج ان بیرکوں میں موجود نہیں تھے۔ تم کہتے ہو کہ کل جھگڑا نمٹایا جا سکتا ہے۔ لیکن جہاں سوال عزت کا آن

پڑے، وہاں انتظار نہیں کیا جا سکتا۔'' اس نے پختہ یقین کے ساتھ کہا اور پھر اپنی کنپٹیوں کو دبانے لگا جیسے کہ وہ کسی برے خیال کو اپنے ذہن سے کھرچ دینا چاہتا ہو۔ ''دیکھو۔۔۔ میں ایسی کسی بات کے متعلق نہیں سوچ سکتا جو انتقام سے متعلق ہو۔''

فلورنٹینا اپنے ماں باپ کے درمیان اپنے کسی قصور کی سزا پانے والے اسکول کے بچے کی طرح بیٹھی تھی۔ اس کی تمام جسمانی خوب صورتی ماند پڑ چکی تھی۔ اس کے لمبے سیاہ بال بے ترتیبی سے اس کے کندھوں پر بکھرے ہوئے تھے، اس کی جلد کی رنگت پگھل کر اس کے کپڑوں کے ایک ٹکڑے کی رنگت میں تبدیل ہو چکی تھی۔۔۔ اور یہ ٹکڑا ایک مسلا ہوا نم آلود رومال تھا۔

''اور تم۔۔۔ دوغلی کتیا۔۔۔ تم اب یہ رونا دھونا بند کرو۔'' ملیشیا مین نے حکم دیا۔

ماں نے، جیسا کہ وہ ابھی ابھی نیند سے جاگی ہو، چلاتے ہوئے کہا؛ ''میں اس بات کی اجازت نہیں دے سکتی۔''

ملیشیا مین نے اپنی مشین گن میز پر سے اٹھاتے ہوئے کہا۔ ''میں دیکھتا ہوں کہ تم کیسے مجھے اس بات کی اجازت نہیں دو گی۔''

''خدا کے لیے ایسے مت کرو۔'' ماں نے کہا۔

اور وہ بولتا رہا۔ ''تم اجازت نہیں دو گی؟ ہوں۔۔۔ کس نے کہا تھا کہ تم ایسی دوغلی کتیا کو جنم دو؟''

فورنٹینا نے ایک لمبی سسکی لی۔

اب ملیشیا مین نے بھی رونا شروع کر دیا تھا اور ساتھ ہی اس نے اپنی جیب سے کاغذ کا ایک ٹکڑا بھی نکال لیا تھا۔ یہ اسکول کی کاپی سے پھاڑا گیا ایک لائنوں والا کاغذ تھا جس پر فلورنٹینا کے بڑے بڑے ٹیڑھے میڑھے لفظوں کی ایک تحریر تھی۔

''بڈھے! کیا تم نے اسے دیکھا ہے؟ کیا تم نے اسے بغور دیکھا ہے؟''

''ہاں میرے بچے! دوپہر کے وقت سے جب سے تم یہاں آئے ہو، میں نے اس کے علاوہ اور کچھ نہیں دیکھا۔''

''لیکن کیا تم نے اس پر غور کیا ہے کہ اس میں کیا لکھا ہے؟ دیکھو۔۔۔ یہاں لکھا ہے: 'جو ٹافیاں تم نے بھیجی ہیں وہ بہت مزیدار ہیں۔' کیا تم نے اسے نہیں پڑھا؟ اور یہاں۔۔۔ یہاں۔۔۔ یہاں دیکھو اسے۔ وہ لکھتی ہے: 'اگر تمھارے کپڑے گندے ہو گئے ہوں تو تم انھیں میرے پاس بھیج دو تاکہ میں انھیں دھو دوں۔' پڑھ لیا تم نے؟''

اب وہ زیادہ شدت سے رونے لگا تھا، البتہ اس نے اس وقت کی جذباتی کیفیت پر قابو پا لیا تھا، جب اسے اس کے کمپنی انسٹرکٹر نے بلا کر کہا تھا، ''ارے رامن پلومو! سنو۔ کیا تم نے اس فلورنٹینا لوپیز کو جانتے ہو، جو تمھارے بھائی کے قریب رہتی ہے؟''

’’کامریڈ! میں اسے اچھی طرح جانتا ہوں۔ وہ میری گرل فرینڈ ہے۔ پھر وہ میری منگیتر ہے۔ میں نے اس کا ہاتھ اس کے ماں باپ سے مانگ لیا تھا۔‘‘

انسٹرکٹر نے اس سے کہا، ’’ٹھیک ہے مگر ایسی لڑکیوں کے بارے میں محتاط رہنا چاہیے جو رہزنوں کو خط لکھتی ہیں۔‘‘ یہ کہتے ہوئے اس نے کاپی سے پھاڑا گیا ایک کاغذ نیچے پھینک دیا جس پر ایک صاف ستھری تحریر درج تھی اور جسے بڑی کاوش کے ساتھ تہہ کیا گیا تھا۔

خط وہیں لکڑی کے فرش پر پڑا تھا جس کی تہہ کسی قدر کھل گئی تھی۔ بیرکوں میں اس وقت ایسی ہی خاموشی تھی جیسے کہ اس وقت تک جب کہ ابھی خدا نے یہ زمین و آسمان نہیں بنائے تھے۔

’’خط کدھر سے ملا ہے؟‘‘ رامن پلوموکی آواز کانپ رہی تھی۔

’’اسی الووالڈس سے جو کل کی لڑائی میں ہمارے ہاتھ مارا گیا تھا۔‘‘

’’اب مشق پر جانے کے لیے تیار ہو جاؤ۔‘‘ یہ کہتے ہوئے انسٹرکٹر واپسی کے لیے مڑ گیا۔

رامن پلومو نے تسمے کھولے اور اپنے بوٹ اتار دیے۔ بیرک میں کوئی آواز سنائی نہیں دے رہی تھی۔ رامن پلوموا اپنی چارپائی پر پڑا رہا۔ ملیشیا کے آدمی بیرکوں سے نکلنے لگے اور فرش پر پڑے خط سے پرے ہو کر گزرتے رہے۔

وہ سب چلے گئے۔

تب رامن پلومو دروازے کے قریب آ گیا۔

دوسرے دن صبح نو بجے فلورنٹینا کا باپ اپنے گھر سے اپنے یوکا (ایک قسم کا پھول) کے کھیت کی طرف چل پڑا۔ جب وہ سہ پہر کے قریب واپس لوٹا تو رامن پلوموا بھی تک میز پر سر رکھے سو رہا تھا اور مشین گن اس کے زانو پر پڑی تھی۔ بوڑھا اپنا تکیہ لے آیا، ایک نرم تکیہ۔ اور اس نے وہ تکیہ رامن پلومو کے سر کے نیچے رکھ دیا۔ رامن پلومو بیدار نہیں ہوا۔ فلورنٹینا کی ماں نے مشین گن اٹھا کر الماری میں رکھ دی، کہیں وہ حادثاتی طور نہ چل جائے۔

رات کے نو بجے رامن پلومو نے آنکھیں کھولیں اور دلیے کی ایک پلیٹ سے، جو اسے انھوں نے دی تھی، اپنا پیٹ بھرا۔ اس نے اپنا ہتھیار ان سے واپس لیا اور انھیں خدا حافظ کہے بغیر وہاں سے لوٹ آیا۔

فلورنٹینا جس نے صبح سے اپنے آپ کو ایک کمرے میں بند کر رکھا تھا، کئی دنوں تک گھر سے باہر نہ نکلی۔

جب بہت سا وقت گزر گیا، یعنی تقریباً ایک سال بعد جب وہ گھر سے باہر نکلی تو لوگ تب بھی اس کے متعلق عجیب سی باتیں کرتے تھے۔

معذرت

[وہ دستاویز جو ایک رہزن کے جھولے سے برآمد ہوئی تھی جو ۱۱ مئی ۱۹۶۳ء کی جنگ میں مارا گیا تھا۔]

مسٹر روز الووالڈس!

میری دعا ہے کہ جب یہ خط آپ کو ملے تو آپ خدا اور کنواری مریم کے فضل و کرم سے ٹھیک

ٹھاک ہوں۔ جناب آپ کے قابل قدر خط کے جواب میں عرض ہے کہ آپ میرے متعلق اور زیادہ نہ سوچیں کہ میں آپ کو کوئی خوشی نہیں دے سکتی۔ میں جانتی ہوں کہ آپ مجھ سے محبت کرتے ہیں لیکن آپ کو یہ احساس بھی ہونا چاہیے کہ میری منگنی ہو چکی ہے اور میں آپ کی محبت کو قبول نہیں کر سکتی، حالاں کہ آپ بہت اچھے ہیں اور محبت کے لائق ہیں۔ میں کسی دوسرے شخص کے لیے اپنی منگنی کیسے توڑ سکتی ہوں اور پھر یہ سوچیں کہ یہ بات میرے لیے کتنی مشکل ہے۔ میں نے آپ کو پسند کیا اور بس۔ آپ جانتے ہیں کہ یہاں خواہش نہیں کی جا سکتی۔ میں دل کی گہرائیوں سے شرمندہ ہوں کہ آپ کو میری وجہ سے یہ تکلیف اٹھانی پڑی، لیکن میں کوئی دوسرا راستہ اختیار نہیں کر سکتی۔ اگر میری منگنی نہ ہوئی ہوتی تو پھر شاید حالات اس سے مختلف ہوتے۔ آپ کے لیے میرے احساسات ہمیشہ اچھے رہیں گے لیکن میں آپ کی خواہش نہ کر سکوں گی۔ آپ مجھے دوبارہ خط نہ لکھیں اور یہ سب کچھ کہتے مجھے افسوس ہو رہا ہے لیکن اس کے سوا میرے پاس کوئی حل موجود نہیں۔ میں آپ کی تحریروں کو پسند کرتی ہوں۔ آپ مجھے ایک دوست کی طرح تو لکھ سکتے ہیں لیکن مجھ سے محبت نہیں کر سکتے۔ میں اس کے بعد آپ کو کوئی خط نہ لکھوں گی کیوں کہ مجھے ڈر ہے کہ اس طرح میں پکڑی جاؤں گی۔ اس کے ساتھ ہی اس دعا کے ساتھ کہ خدا ہمیشہ آپ کا حامی و ناصر رہے، میں آپ کو خدا حافظ کہتی ہوں۔

میرا محبت بھرا سلام قبول کیجیے۔

آپ کی، فلورنٹینا لوپیز

نوٹ: وہ مزیدار ٹافیاں جو آپ نے میرے لیے بھیجی تھیں، ان کے لیے بہت بہت شکریہ!
آپ اپنے گندے کپڑے کسی کے ہاتھ بھجوا دیں، میں انھیں دھو کر واپس بھیج دوں گی۔

فقط

فلورنٹینا لوپیز

تیتسو انا کی کہانی

مائخیل اینجل آسٹریاس (گوئٹے مالا)

ترجمہ: محمود احمد قاضی

فادر آلمنڈ (بادام کا درخت) جس کی داڑھی ہلکی گلابی تھی، ان پادریوں میں سے ایک تھا جنھوں نے اتنی عمدگی سے لباس پہنا ہوتا کہ گورے لوگ یہ دیکھنے کے لیے کہ کہیں یہ سونے سے بنا ہوا تو نہیں، اسے چھو کر محسوس کرتے تھے۔ وہ طبی خواص کے حامل پودوں کے راز جانتا تھا۔ وہ ان دیوتاؤں کی زبان جانتا تھا جو ایک مخصوص نیم شفاف شیشے کے ذریعے گفتگو کرتے تھے اور وہ ستاروں کے خط تصویری کو پڑھ سکتا تھا۔

ایک دن وہ غیر نباتی حالت میں جنگل میں یوں ظاہر ہوا جیسے وہ عالم ارواح سے بھیجا گیا ہو۔ اس کا قد اتنا طویل تھا کہ وہ بادلوں کو چھو رہا تھا۔ وہ سالوں کی گنتی ان چاندوں کے حوالے سے کرتا تھا جو اس نے دیکھ رکھے تھے، وہ اس وقت بوڑھا ہو چکا تھا جب اس نے باغ تولان سے قدم باہر رکھا۔

بوم مچھلی کے پودے چاند کے سمے (چار سو دنوں کے سال کے بیس مہینوں میں سے ایک) فادر آلمنڈ نے اپنی روح چار راستوں میں تقسیم کر دی۔ یہ راستے آسمان کے چار حصوں میں منقسم تھے۔ سیاہ حصہ: جادوگری کی رات، سبز حصہ: بہار کا طوفان، سرخ حصہ: منطقہ حارہ کا کیف، سفید حصہ: سرزمینوں کا وعدہ۔

ایک فاختہ نے سفید راستے سے کہا: ''اے راستے، ننھے منے راستے!'' لیکن سفید راستے نے اس کی بات نہ سنی، فاختہ کو فادر آلمنڈ کی روح کی ضرورت تھی، کیوں کہ اسے اپنے خوابوں کا علاج کروانا تھا۔ فاختائیں اور بچے خوابوں ہی کی بیماری میں مبتلا ہوتے تھے۔

''اے راستے، اے چھوٹے راستے!'' سرخ راستے سے ایک دل نے کہا، لیکن سرخ راستے نے نہیں سنا۔ دل سرخ راستے کی توجہ ہٹانا چاہتا تھا تاکہ وہ فادر آلمنڈ کی روح کو بھول جائے۔ دل چوروں کی طرح وہ کچھ واپس نہیں کرتے جو دوسرے اپنے پیچھے چھوڑ جاتے ہیں۔

انگور کی بیل نے سبز راستے سے کہا۔ ''اے راستے، اے چھوٹے راستے!'' مگر سبز راستے نے نہیں سنا۔ انگور کی بیل فادر آلمنڈ کی روح کے ذریعے اپنا سایہ اور چند پتے واپس لینا چاہتی تھی جو اس نے گنوائے تھے۔ کتنے چاندوں (زمانوں) سے یہ راستے سفر کر رہے ہیں؟

تیز ترین سایہ راستہ، جس سے سارے سفر کے دوران کسی نے کلام نہیں کیا، شہر میں داخل ہوا۔ اس نے پلازہ عبور کیا اور سوداگر کے محل میں جا پہنچا جہاں اس نے ایک معمولی سے آرام کی خاطر فادر آلمنڈ کی روح انمول ہیروں کے سوداگر کے ہاتھ بیچ دی۔

یہ سفید بلیوں کا وقت تھا۔ وہ گلیوں میں دبے پاؤں آگے پیچھے گھوم رہی تھیں۔ گلاب کی جھاڑیوں کا عجوبہ! بادل آسمان کے پیالے میں دھوبی کے دھلے کپڑوں کی طرح لٹک رہے تھے۔

عین اسی لمحے فادر آلمنڈ نے وہ سب کچھ جان لیا جو سیاہ راستے نے کیا تھا۔ اس نے ایک بار پھر انسانی شکل یوں اختیار کی کہ قرمزی چاند کی روشنی میں ایک پُر بہار بادام کے درخت جیسا اس کا سایہ ایک چھوٹی ندی میں منعکس ہو رہا تھا، تب وہ شہر کی طرف چل پڑا۔

جب ڈھور ڈنگر شام کے وقت گھروں کو لوٹ رہے ہوتے ہیں، وہ اس وقت ایک دن کی مسافت کے بعد وادی میں پہنچا۔ گڈریے اس سبز لبادے اور ہلکی گلابی داڑھی والے شخص کو دیکھ کر مبہوت ہوئے جاتے تھے۔ انھوں نے اسے کوئی بھوت سمجھا اور اس کے سوالات کا غیر واضح جواب دیتے رہے۔

شہر میں پھرتے پھرتے وہ اس کے مغربی حصے کی طرف چلا آیا۔ مرد اور عورتیں عوامی فواروں کے گرد کھڑے تھے۔ ان فواروں کے پانی سے ایسی دل لبھا لینے والی آواز آ رہی تھی جیسے صراحی بھرتے وقت پیدا ہوتی ہے۔ سوداگر کے محل کی طرف جاتے سایوں کا پیچھا کرتے ہوئے جب وہ وہاں پہنچا تو اس نے اپنی روح کے اس ٹکڑے کو پا لیا جو سیاہ راستے نے سوداگر کے ہاتھ بیچ دیا تھا۔ انمول ہیروں کے سوداگر نے اسے ایسے کرسٹل باکس میں رکھ چھوڑا تھا جس پر سونے کے تالے لگے ہوئے تھے۔ وہ سوداگر کے قریب جا بیٹھا جو ایک کونے میں تمباکو پی رہا تھا۔ اس نے اس کو روح کے ٹکڑے کے عوض دو ہزار پونڈ وزن کے موتیوں کی پیشکش کی۔

سوداگر فادر کی اس لایعنی تجویز پر مسکرا دیا۔ ''دو ہزار پونڈ وزن کے موتی؟ نہیں، میرے ہیرے تو انمول ہیں۔'' فادر آلمنڈ نے اپنی پیشکش میں مزید اضافہ کیا۔ ''میں تمھیں مکئی کے دانوں کے سائز کے پچاس ایکڑ کے علاقے میں سما جانے والے زمردوں گا جن سے ان کی ایک جھیل بخوبی بن سکتی ہے۔''

سوداگر دوبارہ مسکرایا۔ ''زمردوں کی جھیل؟ نہیں۔ میرے ہیرے انمول ہیں۔''

''میں تمھیں تعویذ گنڈے دوں گا۔ ہرن کی آنکھیں بھی جو بارش برساتی ہیں، وہ پردوں گا جو طوفانوں کا راستہ روکتے ہیں اور تمھارے تمباکو میں ملانے کے لیے میری جوانا۔''

سوداگر نے انکار کر دیا۔

''میں تمھیں زمرد کی جھیل کے وسط میں ایک پریوں کی کہانیوں جیسا محل بنانے کے لیے بہت زیادہ

قیمتی پتھر دوں گا۔''

سوداگر نے اب بھی انکار کیا۔''میرے ہیرے تو انمول ہیں، اس لیے ایسی گفتگو کا کیا فائدہ؟'' اس کے علاوہ یہ بات بھی تھی کہ وہ روح کے اس ٹکڑے کے بدلے میں غلاموں کی منڈی میں موجود سب سے زیادہ خوب صورت غلام عورت کو حاصل کرنے کا منصوبہ بنا رہا تھا۔

فادر آلمنڈ نے اپنی روح کو حاصل کرنے کے لیے کہاں تک اپنی پیشکش بڑھاتا جاتا، اب مزید بات کرنا بے کار تھا۔ سوداگروں کے دل نہیں ہوتے۔

تمباکو کے ہلکے سے مرغولے نے خواب کو حقیقت سے، کالی بلیوں کو سفید چوہوں سے اور سوداگر کو اپنے اس اجنبی گاہک سے جدا کر دیا۔ جب وہ واپسی کے لیے مڑا تو فادر آلمنڈ نے اس گھر کی لعنتی گرد سے چھٹکارا حاصل کرنے کے لیے باہر جانے والے راستے پر اپنے پاؤں کو زور سے پٹخا۔

چار سو دنوں والے ایک سال کے بعد، سوداگر اس غلام عورت کے ساتھ جس کو اس قدر فادر آلمنڈ کی روح کے بدلے میں حاصل کیا تھا، پہاڑوں میں سے گزرتا ہوا واپسی کا سفر کر رہا تھا۔ اس کے ساتھ ایک ایسا پرندہ تھا جو شہد کو بہار یہ پھولوں میں بدل دیتا تھا اور اس کے ساتھ گھوڑوں پر سوار ستر خدام کی فوج ظفر موج تھی۔

غلام عورت برہنہ تھی۔ اس کے کالے سیاہ لمبے بال سانپ کی مانند ایک چوٹی میں گندھے ہوئے اس کی چھاتیوں کے درمیان سے ہوتے ہوئے اس کی ٹانگوں تک چلے گئے تھے۔ سوداگر نے سونے سے بنا ہوا لباس پہن رکھا تھا۔ اس کے کندھے بکری کے بالوں سے بنی قبا سے ڈھکے ہوئے تھے۔ گھوڑے کی پیٹھ پر سوار اس کے تیس ملازمین اس کے پیچھے خواب میں نظر آنے والے پھولوں کی طرح پھیلے ہوئے تھے۔

سوداگر نے اپنے ساتھ ساتھ گھوڑے پر سوار سفر کرتی ہوئی غلام عورت کو مخاطب کر کے کہا، ''تم اس کا تصور نہیں کر سکتیں کہ شہر میں تمھاری زندگی کیسی ہوگی۔ تمھارا گھر ایک محل ہوگا اور میرے تمام نوکر تمھارے اشارے کے منتظر رہا کریں گے اور حتیٰ کہ میں بھی اگر تم چاہو تو۔۔۔'' اس کا چہرہ سورج کی روشنی سے تقریباً سرخ ہو رہا تھا۔ ''وہاں'' اس نے دوبارہ کہنا شروع کیا، ''سب کچھ تمھارا ہوگا، کیا تم جانتی ہو کہ میں اس روح کے بدلے میں محض تمھارے لیے زمردوں کی ایک پوری جھیل لینے سے انکار کر دیا تھا؟ ہم سارا دن جھولے میں پڑے رہا کریں گے اور کوئی کام نہیں کریں گے۔ بس صرف اس بوڑھی عقلمند عورت سے کہانیاں سنا کریں گے۔ اسے میری قسمت کا حال معلوم ہے اور وہ جانتی ہے کہ میرا مقدر ایک جناتی ہاتھ میں ہے۔ اگر تم اس پوچھو گی تو وہ تمھاری قسمت کا حال بھی بتائے گی۔''

غلام عورت نے مڑ کر اپنے اردگرد کے ماحول کو دیکھا۔ یہ سارا پیش منظر گونگی روحوں کا مسکن معلوم ہوتا تھا جو دور بہت دور جا کر دھندلاہٹ میں تبدیل ہو رہا تھا۔ دو رویہ ایستادہ درخت اتنا خوب صورت انداز اختیار کیے ہوئے تھے جیسے کسی عورت کی شال پر بنا ایک نہایت خوب صورت ڈیزائن ہو۔ آسمان خاموش تھا۔ پرندے بغیر کوئی آواز پیدا کیے یوں اڑ رہے تھے جیسے ان کے پر نہ ہوں اور وہ سوئے ہوئے ہوں۔ اس پتھریلی خاموشی میں

چڑھائی چڑھتے ہوئے گھوڑوں کے ہانپنے کی آواز انسانی آواز معلوم ہوتی تھی۔

اچانک بارش کے چند موٹے موٹے قطرے راستے پر پھیلنے لگے۔ نیچے ڈھلانوں پر اپنے ڈرے ہوئے جانوروں کو اکٹھا کرتے ہوئے گڈریوں کے چیخنے چلانے کی آوازیں آنے لگیں۔ گھوڑوں نے پناہ حاصل کرنے کے لیے اپنے قدم تیز کر دیے لیکن اس کے لیے اب زیادہ وقت نہیں تھا۔ تیز ہوا بادلوں پر اپنی تندی کا کوڑا برساتے ہوئے شور پیدا کرتی ہوئی وادی میں پہنچ گئی جو دھند کی چادر میں چھپ چکی تھی، جب کہ آسمانی بجلی کے پہلے چمکارے نے اردگرد کے ماحول کو ایک پاگل فوٹوگرافر کے فلیشز کی مانند روشن کر دیا تھا۔

گھوڑے خوفزدہ ہو کر بڑبڑاتے ہوئے اپنی باگیں تڑوا بیٹھے، ان کی ٹانگیں ہوا میں معلق ہو گئیں۔ ان کے کان پیچھے کی طرف گردن سے چپک گئے تھے اور ان کی ایالیں ہوا سے الجھ رہی تھیں۔ سوداگر کے گھوڑے نے ٹھوکر کھائی اور اپنے سوار کو ایک ایسے درخت کی جڑوں کے قریب لا پھینکا جو اس وقت آسمانی بجلی کے لشکارے کی لپیٹ میں تھا۔ اس درخت کی جڑوں نے اس ہاتھ کی طرح جس میں کوئی پتھر پکڑا گیا ہو، اس شخص کو پکڑ کر نیچے گہری کھائی میں پھینک دیا۔

اسی دوران فادر آلمنڈ نے جواب تک شہر ہی میں موجود تھا، گلیوں میں آوارہ گھوم پھر رہا تھا، بچے اس سے ڈر رہے تھے، وہ کچرے کے ڈھیروں میں سے ہوتا ہوا گدھوں، بیلوں اور کتوں سے باتیں کرتا پھر رہا تھا، جو انسان کی طرح سارے کے سارے غمگین آنکھوں والے جانور ہیں۔

''کتنے زمانوں سے یہ راستے سفر میں ہیں؟'' وہ ہر دروازے پر دستک دیتا اپنا یہ سوال دہرائے جا رہا تھا، مگر لوگ گونگے بنے اس سبز قبا میں ملبوس گلابی داڑھی والے عجیب سے حلیے کے شخص کو دیکھتے اور اپنے دروازے بند کر لیتے جیسے انھوں نے کسی بھوت کو دیکھ لیا ہو۔

آخر کار فادر آلمنڈ انمول ہیروں کے سوداگر کی چوکھٹ پر آ پہنچا اور اس غلام عورت سے مخاطب ہوا جو اکیلی اس طوفان سے زندہ سلامت بچ نکلی تھی۔

''کتنے زمانوں سے یہ راستے سفر کر رہے ہیں؟''

جواب اس عورت کے ہونٹوں پر آیا مگر پھر جم کر رہ گیا۔ فادر آلمنڈ خاموش تھا۔ یہ بوم مچھلی کے پورے چاند کی رات تھی۔ دونوں کی خاموشی نے ایک دوسرے کے چہرے کو یوں چوما جیسے کہ دو محبت کرنے والے ایک لمبی جدائی کے بعد ملے ہوں۔

کچھ کرخت آوازوں نے انھیں چونکا دیا۔ خدا اور بادشاہ کے نام پر ان دونوں کو گرفتار کر لیا گیا، اسے جادوگر کے طور پر اور عورت کو اس کی شریک جرم کے طور پر صلیبیوں اور تلواروں کے گھیرے میں ان دونوں کو جیل لے جایا گیا۔ فادر آلمنڈ اسی حلیے میں تھا یعنی سبز قبا اور ہلکی گلابی داڑھی کے ساتھ، اور غلام عورت کا مضبوط بدن یوں عیاں تھا جیسے کہ وہ سونے کا بنا ہوا ہو۔

سات ماہ کے بعد انھیں پلازہ میئر میں زندہ جلا دیے جانے کی سزا کا حقدار ٹھہرایا گیا۔ عین سزائے

موت کے موقعہ پر فادر آلمنڈ نے غلام عورت کے بازو پر اپنی انگلی کے ناخن سے ایک چھوٹی سی کشتی کا نقش ابھارا۔

فادر آلمنڈ نے اس نقش (گودنے) کے حوالے سے اس سے کہا، ''تیتسوانا! تم جب بھی اپنے آپ کو خطرے میں محسوس کروتو آزاد ہوسکتی ہو۔ میں تمھیں اپنی روح کی طرح آزاد دیکھنا چاہتا ہوں۔ اس چھوٹی کشتی کی تصویر، دیوار پر، زمین پر، ہوا میں جہاں تم چاہو بناؤ۔ پھر اپنی آنکھوں کو بند کر کے اس پر سوار ہو جاؤ اور پھر روانہ ہو جاؤ۔''

''جاؤ میری روح کسی چکنی مٹی کے بت سے زیادہ طاقتور ہے۔''

''میری روح خوشبوؤں سے کشید کردہ شہد سے زیادہ میٹھی ہے۔''

''میری روح کی طرح تم غیر مرئی ہو جاؤ گی۔''

تیتسوانا نے فوراً وہی کیا جیسا کہ فادر آلمنڈ نے کہا تھا۔ اس نے کشتی کا خاکہ بنایا، اپنی آنکھیں بند کیں اور اس پر سوار ہو گئی۔ کشتی روانہ ہو گئی۔ تو یوں وہ موت اور قید دونوں سے رہائی پا گئی۔

اگلی صبح، سزائے موت کے دن، گارڈز کو جیل کی کوٹھری میں صرف ایک مرجھایا ہوا درخت ملا جس کے چند باداموں کے شگوفے ابھی تک ہلکا گلابی رنگ برقرار رکھے ہوئے تھے۔

روح

جوآن بوش (ڈومینیکن جمہوریہ)

ترجمہ: محمود احمد قاضی

ڈان دامین جسے تقریباً ۱۰۴ ڈگری بخار تھا، کومے میں چلا گیا۔ اس کی روح بہت زیادہ تکلیف میں تھی، اسے لگ رہا تھا جیسے وہ زندہ جل رہی ہو، اس لیے اس نے اپنے آپ کو سمیٹتے ہوئے اس کے دل تک محدود کرلیا۔ جیسے آکٹوپس کے انگنت پاؤں ہوتے ہیں، اسی طرح روح کے انگنت ریشے تھے جن میں سے کچھ تو رگوں میں تھے اور جو بہت باریک تھے، وہ خون کی نالیوں میں تھے۔ آہستہ آہستہ روح نے اپنے پاؤں سمیٹنے شروع کیے جس کے نتیجے میں ڈان دامین ٹھنڈا اور زرد پڑتا گیا۔ پہلے اس کے ہاتھ ٹھنڈے ہوئے، پھر اس کے بازو اور ٹانگیں ٹھنڈی ہوئیں، پھر اس کا چہرہ ایک مرے ہوئے شخص کی طرح اتنا سفید پڑ گیا کہ اس تبدیلی کو اس کے بستر کے اردگرد کھڑے لوگوں نے بخوبی محسوس کیا۔ نرس نے چیخ کر انھیں بتایا کہ ڈاکٹر کو فوری طور پر بلایا جانا چاہیے۔ روح نے اس کے الفاظ سنے اور سوچا، ''مجھے جلدی کرنی چاہیے ورنہ میں ڈاکٹر کی مہربانی سے یہیں جل بھن کر کباب ہو جاؤں گی۔''

یہ صبح کا آغاز تھا۔ کھڑکی سے اندر آنے والی ایک نیم روشن کرن ایک نئے دن کے طلوع ہونے کا اعلان کر رہی تھی۔ ڈان دامین کے منھ سے جو کسی حد تک سانس لینے کے لیے تھوڑا سا کھلا ہوا تھا، روح نے باہر جھانکتے ہوئے اس روشنی کو محسوس کیا تو اس نے اپنے آپ سے کہا کہ ''اگر وہ بچ نکلنا چاہتی ہے تو اسے جلدی سے عمل کرنا ہوگا ورنہ دیر ہونے کی صورت میں کوئی نہ کوئی ضرور اسے دیکھ لے گا اور پھر اسے وہیں اپنے مالک کے جسم میں رہنے پر مجبور کر دے گا۔'' ڈان دامین کی روح کچھ چیزوں کے بارے میں قطعی طور پر لاعلم تھی، مثلاً وہ نہیں جانتی تھی کہ اگر وہ ایک بار آزاد ہو گئی تو پھر وہ مکمل طور پر لوگوں کی نظروں سے اوجھل ہو جائے گی۔

مریض کے شاہانہ بستر کے قریب کپڑوں کی سرسراہٹ سنائی دے رہی تھی، وہ لوگوں کی ہلکی ہلکی

بڑبڑاہٹ بھی سن رہی تھی۔ لیکن وہ ان سب چیزوں سے لاپرواہی برتتے ہوئے اپنے آپ کو اس قید سے رہائی دلانے کی کوشش میں لگی تھی۔ نرس اپنے ہاتھ میں ہائی پوڈرلک سرنج کے لیے کمرے میں واپس آگئی۔

بوڑھی نوکرانی چلائی، ''خدا کے لیے، اب دیر مت کرو۔''

لیکن دیر تو ہو چکی تھی، کیوں کہ عین اسی لمحے جب سوئی ڈان دامین کے بازو میں اتری تو روح نے اپنے بچے کھچے آخری ریشے بھی اس کے منہ سے باہر نکال لیے جیسے وہ باور کرانا چاہتی ہو کہ اب انجکشن کا لگنا سوائے پیسوں کی ضیاع کے اور کچھ نہ تھا۔ صرف ایک لمحے بعد جب کمرہ چیخوں اور تیزی سے اِدھر اُدھر حرکت کرنے والوں کی آوازوں سے بھر گیا تھا جن میں لازمی طور پر نوکرانی کی آواز اور ڈان دامین کی بیوی اور اس کی ساس کے بین شامل تھے۔ روح نے چھلانگ لگائی اور کمرے کی چھت کے درمیان لٹکتے بوہیمین طرز کے لیمپ سے چمٹ گئی۔ ڈامن دامین کی لاش اب بالکل پیلی پڑ گئی تھی، اس کے خدوخال بوہیمین گلاس کی طرح سخت اور شفاف ہو گئے تھے۔ یوں لگتا تھا جیسے اس کے چہرے کی ہڈیاں زیادہ نمایاں ہوگئی ہوں۔ اس کے جسم کی جلد پر مردوں جیسی چمک تھی۔ اس کی بیوی، اس کی ساس اور نرس اس کے اردگرد منڈلا رہی تھیں، جب کہ نوکرانی اپنے بوڑھے سر کو بستر پر رکھے سسکیاں لے رہی تھی۔ روح جانتی تھی کہ ان میں سے ہر ایک کیا سوچ رہا تھا اور کیا محسوس کر رہا تھا مگر وہ ان کو بغور دیکھتے رہنے میں اپنا وقت ضائع نہیں کرنا چاہتی تھی۔ سورج کی روشنی آہستہ آہستہ زیادہ ہوتی جا رہی تھی اور روح ڈر رہی تھی کہ کہیں اسے وہاں بیٹھے ہوئے دیکھ نہ لیا جائے۔ اچانک ڈان دامین کی ساس نے اپنی بیٹی کا بازو پکڑا اور اسے لے کر بڑے کمرے میں آئی، وہاں وہ اس کے کان میں آہستگی سے کچھ کہنے لگی، روح نے اسے کہتے ہوئے سنا، ''ایسی بے شرمی کا مظاہرہ نہ کرو، تمھیں کسی قدر غمزدہ نظر آنا چاہیے۔''

بیٹی نے سرگوشی کے انداز میں پوچھا، ''لوگ کب آنا شروع ہوں گے؟''

''یوں سمجھو کہ آنے ہی والے ہیں۔ نرس کا دھیان رکھنا۔ وہ لوگوں سے یہاں کی ہر بات کہتی پھرے گی۔''

نئی نویلی بیوہ بستر کی طرف یوں دوڑی جیسے وہ غم سے پاگل ہوئی جا رہی ہو۔ ''اور دامین۔۔۔ دامین۔'' وہ روتے ہوئے کہنے لگی، ''میرے پیارے! میں تمھارے بغیر کیسے زندہ رہوں گی؟''

اگر یہ روح ذرا مختلف ہوتی اور کم دنیادار ہوتی تو ہکا بکا رہ جاتی مگر ڈان دامین کی روح نے اس عورت کو اپنا رول بخوبی ادا کرتے ہوئے توصیفی انداز سے دیکھا۔ ایسے ہی کسی موقع پر خود ڈان دامین نے ایسی ہی شاندار ایکٹنگ کی ہوتی جو کہ ایسے موقع پر ضروری ہوتی اور وہ کہتا، ''میں ایسا اپنے مفادات کی حفاظت کے لیے کر رہا ہوں۔'' اب اس کی بیوی اپنے مفادات کے تحفظ کے لیے ایسا کر رہی تھی۔

وہ ابھی تک نوجوان اور خوبصورت تھی، جب کہ ڈان دامین کی عمر اس وقت ساٹھ سال سے زیادہ تھی۔ جب پہلی بار وہ اس واقعے سے باخبر ہوا کہ وہ کسی اور شخص کے عشق میں مبتلا تھی تو اپنے مرحوم مالک کے حسد کی وجہ سے اس کی روح چند ناپسندیدہ لمحات سے گزری تھی۔ روح کو چند ماہ پیشتر کا وہ واقعہ یاد آگیا جب بیوی نے اعلان

کرتے ہوئے کہا تھا، ''مجھے میرے عاشق سے ملنے سے نہیں روک سکتے۔ تم اچھی طرح سے جانتے ہو کہ میں نے تم سے محض دولت کے لیے شادی کی تھی۔''

اس پر ڈان دامین نے جواب میں کہا تھا کہ اس نے اپنی دولت کے بل بوتے پر یہ حق حاصل کر لیا تھا کہ اس کا مضحکہ نہ اڑایا جائے۔ ایک ناخوشگوار حقیقت یہ تھی کہ کچھ اہم مہمانوں کے آجانے کی وجہ سے یہ بحث وہیں کی وہیں رہ گئی۔ دونوں میاں بیوی نے مہمانوں کا استقبال یوں مسکراتے ہوئے اتنے انداز طریقے سے کیا کہ اس کے پیچھے موجودہ حقیقت کو صرف روح ہی محسوس کر سکتی تھی۔

روح وہیں لیمپ پر براجمان ان گزرے واقعات کو یاد کر رہی تھی کہ پادری تیزی سے اندر داخل ہوا۔ کسی شخص کے تصور میں بھی یہ بات نہ آسکتی تھی کہ پادری اتنی صبح سویرے یہاں کیوں آیا تھا، جب کہ وہ رات کے وقت بیمار شخص سے مل کر گیا تھا۔

اس نے وضاحت کرتے ہوئے کہا کہ، ''مجھے اس بات کا اندیشہ تھا کہ ڈان دامین کیس اپنے گناہ بخشوانے سے پہلے ہی اس جہان سے رخصت نہ ہو جائے۔''

ساس صاحبہ نے شیشے کے اندر سے پوچھا، ''لیکن فادر کیا اس نے رات ہی کو اپنے گناہوں کا اقرار نہیں کر لیا تھا؟''

وہ یہ بات اس لیے کہہ رہی تھی کہ فادر رات کو دروازہ بند کیے ایک گھنٹے تک ڈان دامین کے پاس اکیلے ٹھہرا رہا تھا۔ ہر شخص ہی سوچ رہا تھا کہ بیمار شخص نے اپنے گناہوں کا اقرار کر لیا تھا لیکن ایسا نہیں ہوا۔ روح جانتی تھی کہ واقعی ایسا نہیں ہوا تھا اور وہ یہ بھی جانتی تھی کہ فادر اس وقت اچانک کیوں چلا آیا تھا۔ ان کی لمبی ملاقات کا موضوع بحث خشک سا تھا، اس کا تعلق روحانیات سے تھا۔ پادری چاہتا تھا کہ ڈان دامین ایک بڑی رقم شہر میں نئے تعمیر ہونے والے گرجے کے لیے چھوڑ جائے، جب کہ ڈان دامین اس سے بھی بڑی رقم چھوڑنا چاہتا تھا مگر یہ رقم ہسپتال کے لیے تھی۔ وہ دونوں کسی بات پر متفق نہ ہو سکے اور پادری وہاں سے چلا آیا۔ جب وہ اپنی اقامت گاہ پر واپس پہنچا تو اسے معلوم ہوا کہ وہ اپنے گھڑی تو وہیں بھول آیا تھا۔

روح ایک نئی طاقت پا کر بہت خوش ہو رہی تھی۔ وہ اب آزاد تھی، وہ اب اپنی غیر حاضری میں پیش آنے والے واقعات سے بھی باخبر تھی اور یہ بھی جانتی تھی کہ لوگ کیا سوچ رہے ہیں اور یہ کہ وہ کیا کرنا چاہتے تھے۔ اسے معلوم تھا کہ پادری نے اپنے آپ سے کہا تھا، ''مجھے یاد ہے کہ میں نے اپنی گھڑی ڈان دامین کے گھر میں اتاری تھی تاکہ دیکھ سکوں کہ وقت کیا ہوا ہے۔ میں یقیناً اسے وہیں چھوڑ آیا ہوں۔ چنانچہ روح اس بات سے بخوبی آگاہ تھی کہ اس وقت پادری کے آنے کا مقصد روحانی ہرگز نہ تھا۔

پادری نے براہ راست ساس صاحبہ کی طرف دیکھتے ہوئے کہا، ''نہیں اس نے اقرار نہیں کیا تھا۔ پچھلی رات کو ہم گناہوں کے اقرار کے بارے میں کوئی فیصلہ نہ کر سکے تھے اور یہ طے ہوا کہ میں علی الصبح سب سے پہلا کام یہی کروں گا کہ اس کا اقرار سنوں گا۔'' یہ کہہ کر پادری رکا، پھر اپنی آواز میں زیادہ نرمی اور سنجیدگی پیدا کرتے

ہوئے اس نے کہا، ''یا شاید مجھے اس کی آخری رسومات ادا کرنے آنا پڑے گا۔ بدقسمتی سے میں نے آنے میں دیر کردی۔'' اس نے بستر کے دونوں اطراف میں پڑے ملمع شدہ میزوں کی طرف اس امید سے دیکھا کہ شاید ان دونوں میں سے کسی ایک میز پر اس کی گھڑی پڑی ہو۔

بوڑھی نوکرانی نے جو چالیس سال سے ڈان دامین کی خدمت کر رہی تھی، اپنی آنسو بھری آنکھوں کے ساتھ اوپر دیکھتے ہوئے کہا۔ ''اس سے کوئی فرق نہیں پڑتا۔ ایسی باتیں منہ سے نکالنے پر خدا مجھے معاف کرے۔ لیکن اس کی روح اتنی خوب صورت تھی کہ اسے گناہوں کے اقرار کی ضرورت ہی نہ تھی۔''

اس نے اپنے سر کو ہلایا، ''دامین کی روح بہت خوب صورت تھی۔''

''خدا کی پناہ! یہ کیسی انہونی بات تھی۔ روح نے تو کبھی خواب میں بھی نہ سوچا کہ وہ خوب صورت تھی۔ اس کے مالک نے اپنی زندگی بڑے عجیب و غریب انداز میں گزاری تھی۔ بے شک وہ ایک امیر کبیر شخص تھا اور بہترین لباس پہنتا تھا اور وہ اپنے بینک کے معاملات نہایت ہوشیاری سے اور خوش اسلوبی سے نبھاتا تھا تو ایسے میں اس کی روح کے پاس اتنا وقت کہاں تھا کہ وہ اپنے مالک کی مصروفیات سے وقت نکال کر اپنی خوب صورتی یا بد صورتی کے بارے میں غور کر سکے۔ اسے ایک مثال یاد تھی کہ جب اس کے مالک نے اپنے وکیل کے ساتھ مل کر ایک مقروض کا مکان ہتھیا لیا تھا تو اس نے اسے یعنی اپنی روح کو نہایت پُرسکون رہنے کا حکم دیا تھا، حالاں کہ مقروض شخص کے پاس اب رہنے کا کوئی ٹھکانہ نہ تھا۔ ایک اور موقع پر جب اس نے اپنے نوٹوں پر ہیروں کی مدد سے (جو اس لڑکی کی تعلیم یا اس کی بیماریوں کے علاج کے لیے تھا) غریب طبقے سے تعلق رکھنے والی ایک نوجوان خوب صورت لڑکی سے ایسے مقاصد کے لیے بنائے گئے ایک شاہانہ اپارٹمنٹ میں ملاقات کی تھی اور تب بھی اس کے مالک کا حکم تھا کہ وہ اپنے کام سے کام رکھے؛ لیکن وہ خوب صورت تھی یا بد صورت؟''

روح جانتی تھی کہ ابھی چند لمحے پہلے وہ اپنے مالک کے جسم سے باہر آئی تھی اور شاید اس کے تصور سے بھی بہت کم وقت ہی گزرا تھا، کیوں کہ یہ سب کچھ؛ یہ سارے واقعات بہت تیزی سے رونما ہوئے تھے۔ آدھی رات سے پہلے ڈاکٹر نے جاتے ہوئے کہا تھا، ''صبح تک بخار کے بڑھ جانے کا امکان ہے۔ اگر ایسا ہوا تو اس کا خاص خیال رکھیں اور اگر کوئی ایسی ویسی بات ہو تو مجھے فوراً اطلاع کریں۔''

تو کیا ایسے حالات میں روح اپنے آپ کو جل بھن کر مر جانے کے لیے چھوڑ دیتی؟

اگر اس اصطلاح کو صحیح مان لیا جائے تو اس کا اصل مرکز ڈان دامین کی آنتوں میں تھا جو کہ آگ اگل رہی تھیں اور اگر وہ یہیں ٹھہری رہتی تو ایک چوزے کی طرح روسٹ ہو کر ختم ہو چکی ہوتی۔ لیکن اصل میں اس کو اپنی جگہ چھوڑے ہوئے کتنا عرصہ ہوا تھا؟ یقیناً یہ تھوڑے عرصے پہلے کی بات تھی اور اسی لیے وہ اب اس وقت صبح کی ہوا کی ہلکی ٹھنڈک میں بھی اس پہلے والی تھوڑی سی گرمی کی شدت کو محسوس کر رہی تھی۔ روح کا خیال تھا کہ اس کے مرحوم مالک کے اندر کی گرمی اور اس بوہیمین گلاس کی فضا کی گرمی میں بس تھوڑا سا ہی فرق تھا لیکن اگر کوئی تبدیلی تھی، یا نہیں بھی تھی تو یہ سوال یہاں بے معنی تھا کیوں کہ اصل بات تو وہ تھی جو بوڑھی نوکرانی نے کہی تھی، یعنی 'خوب صورت'

اور وہ ایک قابل اعتبار عورت تھی، کیوں کہ وہ اس لیے اپنے مالک سے محبت نہیں کرتی تھی کہ وہ کوئی بہت اہم اور دولت مند شخص تھا بلکہ وہ تو اس سے اس لیے محبت کرتی تھی کہ اسے اس کے ساتھ محبت تھی۔

بعد میں دوسروں نے جو ریمارکس دیے، روح نے ان میں بہت کم اخلاص پایا۔

پادری نے کہا، ''بھلا اس کی روح خوب صورت ہی کیوں تھی؟''

ساس نے کہا، ''اس کی ذات کے لیے لفظ 'خوب صورت' ہی سے تو ابتدا نہیں کی جاسکتی۔''

روح نے مڑ کر اس کی طرف دیکھا تو وہ اپنی بیٹی کی طرف دیکھتے ہوئے آنکھوں سے اشارہ کر رہی تھی۔ ان آنکھوں کے اشارے میں ایک تنبیہ اور حکم کی جھلک نمایاں تھی جیسے وہ آنکھیں کہہ رہی ہوں، ''اری احمق، پھر سے رونا دھونا شروع کر دو۔ کیا تم چاہتی ہو کہ پادری یہ سمجھے کہ تم اپنے خاوند کی موت پر بے حد خوش ہو؟'' بیٹی نے ماں کے اشارے کو سمجھتے ہوئے روتی آنکھوں کے ساتھ بین شروع کر دیا۔

''دنیا میں کسی شخص کی روح تمھاری جتنی خوب صورت نہیں تھی۔۔۔ دامین مجھے تم سے بے پناہ محبت تھی۔''

روح اب اس سے زیادہ برداشت نہ کر سکتی تھی، اب وہ کوئی لمحہ ضائع کیے بغیر یہ معلوم کرنا چاہتی تھی کہ واقعی وہ خوب صورت تھی یا نہیں اور وہ ان منافقین سے بھی جان چھڑانا چاہتی تھی۔ وہ سیدھی باتھ روم کی طرف گئی، قالین پر بے آواز چلتی ہوئی وہ وہاں لٹکتے قدِ آدم آئینے کے سامنے آنا چاہتی تھی۔ وہ اس بات سے بے خبر تھی کہ وہ بے وزن اور غیر مرئی ہو چکی تھی۔ اسے خوشی ہوئی کہ کسی نے اسے یہاں آتے ہوئے نہیں دیکھا اور وہ آئینے میں اپنے آپ کو دیکھنے کے لیے تیزی سے دوڑ پڑی۔

لیکن خدا کی پناہ! اسے وہاں کیسی صورت حال سے واسطہ پڑا؟ سب سے پہلی بات تو یہ تھی کہ وہ پچھلے ساٹھ سال سے ڈامن دامین کی آنکھوں سے دیکھنے کی عادی تھی اور یہ آنکھیں زمین سے پانچ فٹ بلند ہوتی تھیں جن کے ذریعے وہ اس کا تر و تازہ چہرہ، اس کی صاف شفاف آنکھیں، اس کے چمکتے بال، اس کی پھولی ہوئی چھاتی، اس کے اٹھے ہوئے سر اور قیمتی لباس کو جو اس نے زیب تن کر رکھا ہوتا تھا، دیکھنے کی عادی تھی۔ اب جو کچھ وہ دیکھ رہی تھی، وہ بالکل ویسا نہیں تھا بلکہ یہ تو بمشکل ایک فٹ لمبائی کی پہلی سی کوئی عجیب و غریب چیز تھی جس کی کوئی واضح شکل نہ تھی۔ اور جہاں ڈان دامین کی طرح دو ٹانگیں اور دو پاؤں ہونے چاہئیں تھے، وہاں تو بس آکٹوپس کی طرح کے کچھ ریشے سے تھے جن میں کوئی باقاعدگی نہیں تھی، ان میں کچھ چھوٹے تھے، کچھ باریک تھے اور یہ سب کے سب گاڑھے گندے دھوئیں سے بنے معلوم ہوتے تھے۔ یہ نامحسوس قسم کے کیچڑ سے بھی بنے ہوئے معلوم ہوتے تھے جو شفاف تھے مگر نہیں بھی تھے۔ اور یہ کچھ جھکے ہوئے مڑے تڑے ناطاقتے سے تھے اور اپنی بدصورتی میں عظیم الشان بھی تھے۔ ڈان دامین کی روح اپنے آپ میں گم سی ہو گئی۔ بہرحال اس نے حوصلہ کر کے اوراوپر دیکھا۔ اس کی کوئی کمر نہ تھی۔ حقیقت میں اس کا کوئی جسم ہی نہیں تھا۔ گردن وغیرہ کچھ بھی نہیں۔ جہاں ریشے آپس میں ملتے تھے، وہاں ایک طرف کان کی طرح کی کوئی چیز چپکی ہوئی تھی اور یہ کسی سیب کے گلے سڑے چھلکے کی طرح لگ رہی تھی اور دوسری طرف کھردرے

بالوں کا گچھا سا تھا۔ اس میں کچھ مڑے ہوئے کچھ سیدھے بال تھے۔ لیکن یہ بھی کوئی اتنی بری چیز نہ تھی اور نہ ہی وہ بھوری پیلی سی اجنبی روشنی اتنی بری تھی جو یہاں سے برآمد ہو رہی تھی بلکہ سب سے بری چیز تو حقیقت میں یہ تھی کہ اس کا منھ کسی گلے سڑے پھل میں بنے سوراخ کی طرح کے بے شکل سا گڑھا تھا اور اس سوراخ کی گہرائی میں ایک آنکھ چمک رہی تھی۔ اس کی واحد آنکھ جو کہ تاریکی میں سے دھوکے اور خوف کے تاثرات کے ساتھ جھانک رہی تھی۔ حالاں کہ دوسرے کمرے میں ڈان دامین کے بستر کے قریب جس ڈان دامین کی لاش پڑی تھی، کھڑی عورتوں اور پادری نے یہ کہا تھا کہ اس کی روح بہت خوب صورت تھی۔

''میں ایسے حلیے کے ساتھ باہر گلی میں کیسے نکل سکتی ہوں؟'' اس نے مایوسی کی ساہ سرنگ میں ٹامک ٹوئیاں مارتے ہوئے اپنے آپ سے کہا۔

''مجھے کیا کرنا چاہیے؟''

دروازے کی گھنٹی بجی تو نرس بولی۔ ''مادام! ڈاکٹر صاحب آئے ہیں۔ میں انھیں اندر لاتی ہوں۔''

ڈان دامین کی بیوی نے جلدی سے اپنے مرے ہوئے شوہر کی دہائی دیتے ہوئے اور جس ظالمانہ تنہائی میں وہ اسے چھوڑ گیا تھا، اس پر افسوس کرتے ہوئے پھر سے بین کرنا شروع کر دیا۔

روح نے جو اپنا عکس دیکھ کر سکتے کے عالم میں تھی، جان لیا تھا کہ وہ گم ہو گئی تھی۔ اسے ڈان دامین کے لمبے وجود میں پناہ لینے کی عادت تھی۔ وہاں کی ہر چیز کی غرضیکہ آنتوں کی بدبو، معدے کی گرمی، بخار اور زکام کی بھی عادی تھی۔ تب اس نے ڈاکٹر کی آواز سنی اور ساس صاحبہ دھیمی آواز میں روتے ہوئے کہنے لگیں، ''ہائے ڈاکٹر صاحب یہ کیا ہو گیا ہے؟''

''کچھ نہیں ہوا خاتون، آپ اپنے آپ کو سنبھالیے۔''

روح نے مردہ شخص کے کمرے میں جھانکا۔ عورتیں بستر کے گرد جمع تھیں اور فادر دو زانو بیٹھا دعائیں پڑھ رہا تھا۔ روح نے فاصلے کو جانچ کر چھلانگ لگائی، اپنے اس خاص وصف سے لاعلم رہتے ہوئے وہ تکیے پر کسی ہوا جیسی ہلکی چیز کی طرح اتر آئی یا ایک ایسے جانور کی طرح جو بغیر کوئی آواز پیدا کیے اور نظر آئے بغیر حرکت کر سکتا تھا۔ ڈان دامین کا منھ ابھی تک تھوڑا سا کھلا ہوا تھا۔ یہ برف کی طرح ٹھنڈا تھا لیکن یہ بات اتنی اہم نہیں تھی۔ روح اندر لڑھک گئی اور اس نے اپنے ریشے اندر اپنی جگہوں پر سمیٹنے شروع کر دیے۔ وہ اپنی وہی جگہ سنبھال ہی رہی تھی کہ اس نے ڈاکٹر کو ساس سے کہتے سنا، ''بس ایک منٹ پلیز۔'' اتنے واضح طور پر نہیں لیکن روح ابھی تک ڈاکٹر کو دیکھ ضرور سکتی تھی۔ وہ ڈان دامین کی طرف بڑھا، اس نے اس کی کلائی ہاتھ میں پکڑی، پھر اس نے پُر جوش انداز میں اپنا کان کچھ دیر کے لیے اس کی چھاتی پر ٹکائے رکھا۔ پھر اس نے اپنا بیگ کھولا اور اسٹیتھو سکوپ نکال لی۔ اس نے اس کی دونوں ٹوٹیاں کانوں میں لگائیں اور درمیان میں لٹکتے آلے کو اس جگہ رکھا جہاں ڈان دامین کا دل تھا۔ اب اس نے پہلے سے بھی زیادہ پُر جوش انداز میں اسٹیتھو سکوپ کو ایک طرف رکھا اور ای ہائیوڈرمگ سرنج نکالی۔ اس نے نرس کو اسے بھرنے کے لیے کہا اور خود اس نے ڈان دامین کی کہنی سے اوپر چھوٹے سے ربڑ کے ٹکڑے کو

کس کر باندھ دیا۔ اس وقت وہ ایسے لگ رہا تھا جیسے وہ کوئی جادوگر ہو اور ابھی اپنا کوئی شعبدہ دکھانے والا تھا۔ ظاہر سی بات تھی کہ ان تمام تیاریوں کو دیکھ کر بوڑھی نوکرانی ہوشیار ہوگئی۔

''اگر وہ بے چارہ مر چکا ہے تو تم یہ سب کچھ کیوں کر رہے ہو؟''

اس نے نوکرانی کی طرف بڑے مغرورانداز میں دیکھا اور جو کچھ اس نے کہا وہ صرف اس کے لیے ہی نہیں بلکہ سب کے لیے تھا۔

''سائنس بہرحال سائنس ہے۔ اور میرا فرض ہے کہ ڈامن مین کو موت کے منھ سے نکالنے کے لیے وہ سب کچھ کروں جو میرے بس میں ہے۔ آپ نے اس شخص جیسی خوب صورت روح کہیں اور نہیں دیکھی ہوگی اور جب تک میں اپنی ساری صلاحیت صرف نہ کروں، اسے مرنے نہیں دوں گا۔''

یہ گمبھیر مگر مختصراً ادا کیے گئے الفاظ بیوی کو پریشان کرنے کے لیے کافی تھے۔ اس کے اندر اترتی ایک سرد سی لہر اور اس کی آواز کی کپکپاہٹ کو محسوس کرنا کوئی مشکل نہ تھا۔

''لیکن۔۔۔ لیکن کیا وہ مر نہیں چکا؟''

روح اب تقریباً اپنے جسم میں واپس جا چکی تھی، صرف اس کے تین ریشے ان رگوں تک پہنچنے کی تگ و دو میں تھے جہاں وہ پچھلے کئی سالوں سے رہتے آئے تھے۔ حالاں کہ اس کی توجہ پوری طرح ریشوں کو اپنی جگہ پر صحیح طور پر جمانے میں تھی مگر پھر بھی اس نے یہ پریشان کن سوال سن ہی لیا تھا۔

ڈاکٹر نے اس سوال کا جواب نہیں دیا تھا۔ اس نے ڈان مین کی کلائی پکڑی اور اسے اپنے ہاتھ سے سہلانے لگا۔ روح نے اپنے اردگرد زندگی کی گرمی کو محسوس کیا۔ جل مرنے کے خوف سے جن رگوں کو وہ خالی چھوڑ گئی تھی، اب ان میں زندگی کی رمق واپس آ رہی ہے، اسی لیے ڈاکٹر نے ڈان مین کے بازو کی رگ میں سوئی چبھو دی اور پھر سرنج پر اپنے ہاتھ کا دباؤ بڑھانے لگا۔ لحہ بہ لحہ ڈان دامین کے جسم میں زندگی کی گرمی واپس آنے لگی۔

''یہ ایک معجزہ ہے۔'' پادری بڑبڑایا۔ اچانک وہ زرد پڑ گیا اور ذہنی طور پر ہیجان کا شکار ہوگیا۔ اب نئے تعمیر ہونے والے گرجے کے لیے چندے کا ملنا یقینی تھا۔ وہ ڈان مین سے کہہ سکتا تھا کہ وہ تمام وقت اس کے بستر کے قریب بیٹھا اس کے لیے دعائیں کرتا رہا تھا اور یہ اس کی دعاؤں کا ہی نتیجہ تھا کہ وہ زندگی کی طرف لوٹ آیا تھا۔ وہ اس سے کہے گا، ''ڈان دامین خدا نے میری فریاد سن لی اور اس نے تمھیں دوبارہ ہمیں لوٹا دیا۔'' اس بیان کے بعد بھلا وہ چندہ دینے سے کیسے انکار کر سکتا تھا۔

بیوی نے فوری طور پر محسوس کیا کہ اس کا دماغ خالی خالی سا ہوگیا تھا۔ وہ بے چینی کے ساتھ اپنے شوہر کے چہرے کی طرف دیکھتے ہوئے اپنی ماں کی طرف مڑ گئی۔ وہ دونوں ہی نہایت خوفزدہ سی پتھر بنی خاموش کھڑی تھیں۔

البتہ ڈاکٹر مسکرا رہا تھا، حالاں کہ وہ اپنے جذبات کو ظاہر نہیں کر رہا تھا لیکن وہ اپنے کام سے بے حد مطمئن تھا۔

نوکرانی چلائی، ''خدا کا شکر ہے اور تمھارا بھی شکریہ۔۔۔وہ بچ گیا ہے۔۔۔وہ بچ گیا ہے۔''

وہ ڈاکٹر کا ہاتھ پکڑے ہوئے رو رہی تھی اور کہہ رہی تھی، ''وہ بچ گیا ہے۔۔۔وہ دوبارہ زندہ ہو گیا ہے۔۔۔تم نے ڈان دامین کے لیے جو کچھ کیا ہے، وہ تمھیں اس کی قیمت کبھی ادا نہیں کر سکتا۔''

ڈاکٹر سوچ رہا تھا کہ ڈان دامین اپنی دولت میں سے مجھے بہت کچھ دے سکتا ہے، البتہ اس نے یہ الفاظ ادا نہیں کیے بلکہ کہا، ''اگر ڈان دامین کے پاس ایک دمڑی بھی نہ ہوتی تو پھر بھی میں نے اس کی جان بچانے کے لیے یہی سب کچھ کرنا تھا۔ یہ میرا فرض تھا۔ ایسی خوب صورت روح کو بچانے کے لیے یہ میرا سماجی فرض تھا۔''

حالاں کہ اس نے یہ الفاظ نوکرانی سے کہے تھے مگر اس کا مقصد دوسروں کو سنانا تھا تا کہ وہ اس کے ان الفاظ کو اس وقت ڈان دامین کے سامنے دہرا سکیں جب وہ بھلا چنگا ہو کر ان الفاظ کے معانی پر عملدر آمد کر سکے۔

ڈان دامین کی روح نے 'جو اتنے بہت سارے جھوٹ سن سن کر تھک گئی تھی، سو جانے کا فیصلہ کیا۔ ایک لمحے بعد، ڈان دامین نے ہلکی سی آہ بھری اور تکیے پر اپنے سر کو ہلایا۔

ڈاکٹر نے کہا، ''اب یہ گھنٹوں سوتا رہے گا، اسے مکمل خاموشی کی ضرورت ہے۔''

اور اس ہدایت پر عمل کرتے ہوئے سب سے پہلے وہ خود کمرے سے باہر نکل گیا۔